国家出版基金项目
NATIONAL PUBLICATION FOUNDATION

十二五国家重点出版物出版规划项目

走向世界丛书

主编　钟叔河　曾德明　杨云辉

FROM EAST TO WEST

陈琪环游日记
金鼎随同考察政治笔记

刘柯　杨向群　校点

岳麓书社·长沙

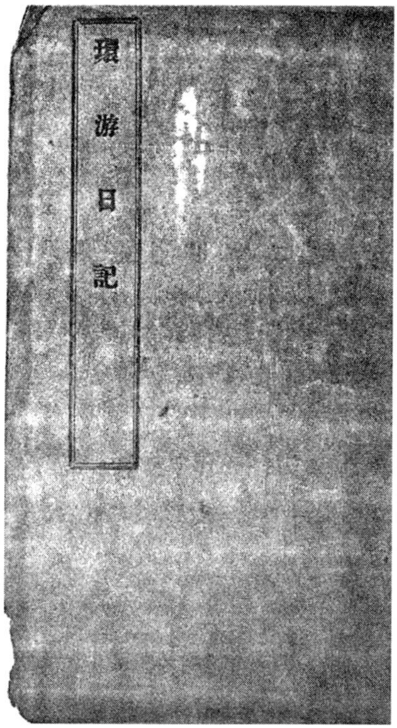

湖南学务处刊印环游日记书影

圖算則新義之闡發尤無窮期矣

一宜設製皮與毯廠也湘省皮毛骨角爲出口材料之一宗工藝局舊有之洋毛毯頗易銷於美洲若能購製皮與毯之機參以人工需費不過萬餘金製法辦法既已知其端緒倘再聘在歐美之工藝留學生一人定以期限專其責成購機回華開設公司有裨於軍需民用良非淺尠

光緒三十一年七月初六日付印

記者 青田陳琪

校閱者 湖南學務處

印刷所 湖南學務處

光緒三十一年七月二十日發行

定價大洋叁角

湖南学务处刊环游日记版权页

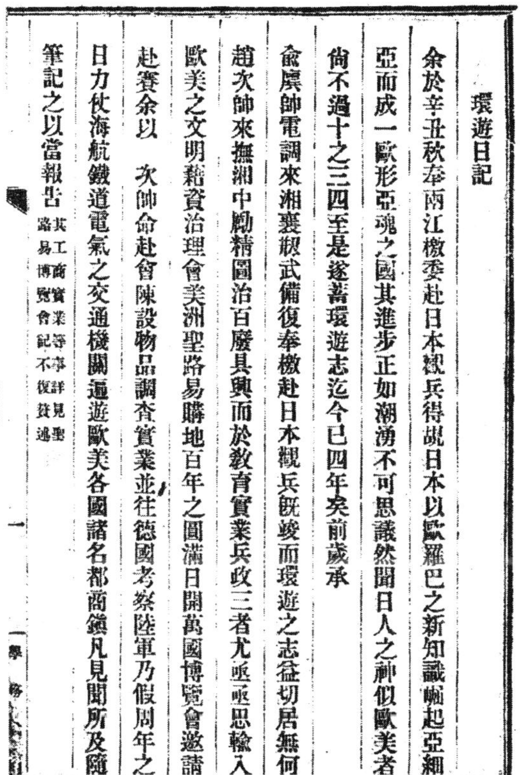

環遊日記

余於辛丑秋奉兩江檄委赴日本觀兵得覘日本以歐羅巴之新知識輸起亞細亞而成一歐形亞魂之國其進步正如潮湧不可思議然聞日人之神似歐美者尚不過十之三四至是遂蓄環遊志迄今已四年矣前歲承

俞廉帥電調來湘襄叔武備復奉檄赴日本觀兵既竣而環遊之志益切居無何

趙次帥來撫湘中勵精圖治百廢具興而於教育實業兵政三者尤亟亟思輸入歐美之文明藉資治理會美洲聖路易購地百年之圖滿日開萬國博覽會邀請赴賽余以　次帥命赴會陳設物品調查實業並往德國考察陸軍乃假周年之日力仗海航鐵道電氣之交通機關遍遊歐美各國諸名都商鎮凡見聞所及隨筆記之以當報告（其工商實業等事詳見聖路易博覽會記不復贅述）

湖南学务处刊印环游日记书影

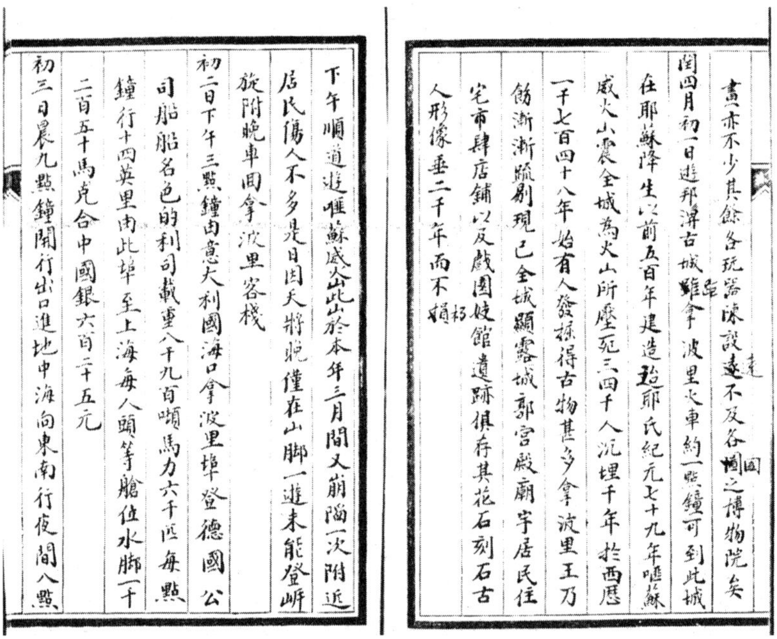

畫亦不少其餘各玩器陳設遠不及各國之博物院矣

閏四月初一日遊邦湃古城離拿波里火車約一點鐘可到此城在耶蘇降生以前五百年建造至耶氏紀元七十九年唯蘇威火山震全城為火山所壓死三四千人沉埋千年於西歷一千七百四十八年始有人發掘得古物甚多拿波里王乃飭漸漸疏剔現已全城顯露城郭宮殿廟宇居民住宅市肆店鋪以及戲園妓館遺跡俱存其花石刻石古人形像垂二千年而不損

下午順道遊唯蘇威火山此山於本年三月間又崩陷一次附近居民傷人不多是日因天將晚僅在山脚一遊未能登峰旋附晚車回拿波里客棧

初二日下午三點鐘由意大利國海口拿波里埠登德國公司船船名色的利司載重八千九百噸馬力六千匹每點鐘行十四英里由此埠至上海每人頭等艙位水脚一千二百五十馬克合中國銀六百二十五元

初三日晨九點鐘開行出口進地中海向東南行夜間八點

随同考察政治笔记书影

本册总目□

丛书新序□

钟叔河

二〇一三年十月

“走向世界丛书”一百种，只收晚清时期 from east to west（从东方到西方）的记述，这并不等于说，只有十九世纪末二十世纪初的中国人，才需要面对走向世界的问题。

纵观人类历史，走向世界决不是什么地区性和阶段性的活动，而是不断出现在全人类发展进步过程中并与之同步的历史现象。一百万年前，人类开始从非洲进入亚洲和欧洲，一万年前，又从亚洲进入北美洲和大洋洲，就是在不断地走向世界。

从有史以来的文献、文物看，三千多年前的《奥德赛》和《出埃及记》，说的是古希腊人和以色列人走向世界——走向地中海和巴勒斯坦。两千多年前的《史记》和《汉书》，写了张骞和后来汉朝“益发使”走向世界——曾走到罗马在西亚的边陲。一千三百年前的《大秦景教流行中国碑》、七百年前的《马可·波罗游记》和四百年前的《利玛窦中国札记》，记下了阿罗本、马可·波罗、利玛窦的 from west to east，这和 from east to west 一样，都是在走向世界。

人类曾因地理、种族、制度、意识形态等原因而互相分离，甚至隔绝。夜郎国的君长初见汉使时问：“汉孰与我大?”当是时，夜郎的世界僻处黔西，其“大”可知；连夜郎都未入版图，则汉之“大”亦远不如今之中国。但人为万物之灵，为了求生存谋发展，总不能老守着自己的一亩三分地，总会要想方设法走向世界——走向更广阔的外部世界。于是，汉要“通西南夷”，要前往原来“道险终不能有”的夜郎；夜郎要问“汉孰与我大”，要想改变原来“不知汉广大”的状况。由互相隔绝变而互相接近，互求了解，这就是走向世界。

走向世界，无论是自己走出去还是让别人走进来（总比让别人杀进来好），无论是主动的还是被动的，从总的历史进程看，用大的历史眼光看，都有利于发展，都是一种进步。对汉朝来说是如此，对夜郎来说亦是如此。两千年前是如此，两千年后亦是如此。上世纪七十年代末开始编辑出版“走向世界丛书”时是如此，如今来继续编辑出版这部丛书时亦是如此。

今天的中国已不再是七十年代的中国，虽然仍称发展中国家，经济总量却早已“超英”，正在“赶美”，但走向世界的路还“漫漫其修远”。时至现代，走向世界当然是要走向现代化的世界，也就是要高度现代化，全盘现代化。“四个现代化”的“四个”——工业、农业、科技和国防，已经“化”出了很大的成绩，而我们的管理现代化，我们的服务现代化，我们的制度现代化……要走的路的确还很长。

现代人走向世界，首先要使自己成为能接受全球文明，有世界知识，有世界眼光，有世界理想的人。“走向世界丛书”杰出的作者，如郭嵩焘、黄遵宪……又如邹代钧、金绍城……他们看到的新技术还是德律风（送话器和最早的手摇电话机）、火轮车（蒸汽机车）……我们如今却已经用上了智能手机、坐上了波音飞机……但在思想层面上，我（不敢称我们）反省自己的世界眼光和世界理想，甚至在世界知识的某些方面，比起一个多世纪以前的郭、黄他们来，差距实在还不小。在这方面，也就是人的现代化这方面，要走的路就更“漫漫其修远”了。

五年前北京奥运会的成功举世公认，它已经成为中国走向世界的一大标志。它的口号：

ONE WORLD，ONE DREAM

“同一个世界，同一个梦想”，这也应该是现代人走向世界的志向和目的，是我们继续编辑出版“走向世界丛书”的志向和目的。

丛书原序

钟叔河

一九八〇年七月

人们常说，今日之世界，乃是一个“迅速缩小的世界”（rapidly shrinking world）。在电视卫星、激光通信和喷气式客机的时代，地球之上各地之间的距离，确实好像越来越短，人们相互间的接触和交流，也越来越方便和密切了。

可是，仅仅在几代人以前，异国还显得那样的离奇和遥远。古代欧洲人说，中国人用小米和青芦喂一种类似蜘蛛的昆虫，喂到第五年虫肚子胀裂开，就从里面取出丝来（Pausanias《希腊纪事》）。古代中国人则曾经相信，西方有种羊羔是从泥土里生长出来的，脐带还连着大地（《旧唐书·西戎传》、《渊鉴类函·边塞部九》）。这类海外奇谈，今天听起来简直不可思议，而在过去上千年中，却一直被当作可信的资料，记载在欧洲和中国的史书上。由此可见，人类文明的发展，经历了一条何等漫长曲折的道路。

为了探索和开辟外部世界，丰富自己的物质和精神生活，各国人民都作过许多贡献。人类文明史像叙说伟大的发明家和著作家一样，将永远铭记着张骞、玄奘、马可·波罗、哥伦布等不朽的名字。我们甚至可以这样说：一个民族从中世纪到现代的历史，也就是它打开眼界和走向世界的历史。

历史的发展从来是不平衡的。当黄河、长江已经哺育出精美辉煌的古代文化时，泰晤士、莱茵和密西西比河上的居民，还在阴暗的原始森林里徘徊。而自从地理大发现和产业革命以来，中国却相对地落后了。在西方实现资本主义的现代化以后，中国还是一个基本上同外界隔绝的古老国家。是鸦片战争打开了中国的大门，也打开了中国人的眼睛。人们称林则徐和魏源为清代最早“开眼看世界”的人，因为西方的坚船利炮打到中国来时，他们首当其冲，亲身感到这个世界在缩小，距离和壁垒再也不能将异国隔离开了。

过去时代的中国读书人，在“严夷夏之大防”的社会里度过了上千年。封闭的外壳被打破后怎么办？守旧派的办法是把脑袋钻进沙子里学鸵鸟，像慈禧太后的大学士徐桐，见到洋人就以扇遮面。就是这个徐桐，在庚子年间焚香叩请骊山老母下凡来“杀尽洋人”，结果骊山老母没有下凡，他自己的老命却白白送掉了。而林则徐和魏源则不同，提出要“师夷长技以制夷”，主张学习外国的长处，以对付外国的侵略。要学习，先得了解，于是林则徐编了《四洲志》，魏源编了《海国图志》。虽然他们未能亲身出国去考察，书的材料靠间接采辑而来，难免有许多谬误，但无论如何，地里长羊羔之类的神话毕竟不得不逐步让位给常识了。

林、魏之后，中国才开始有读书人走出国门，到欧美日本去学习、访问和工作。容闳、王韬、郭嵩焘、黄遵宪和严复等人，要算是最早的。接着出国的人渐渐多了起来，尽管其中不少是奉派而去的政府官员，但既然去了，就不会不接触近代—现代的科学文化和政治思想，也就不可能不在中国发生影响。

“走向世界丛书”专收一九一一年前国人亲历

欧美和日本的记述。自从一八四〇年鸦片战争失败那时起，先进的中国人，经过千辛万苦，向西方国家寻找真理。应该说康有为和在他之前的郭嵩焘、王韬、容闳等人，的确代表了近代中国向西方寻找真理的一派人物。当然，丛书所收的，也并不全属先进的人物的作品；但总而言之这些都是中国人从东方走向西方的实录，自有其文化的意义和历史的价值。

必须指出的是：从鸦片战争到五四运动这一历史时期中，西方国家虽在许多方面比中国先进，值得中国人学习，但国家利己主义的本质，却总是要压迫剥削比他们落后的民族的。中国人走向世界、接触西方，既有一个学习外国长处的问题，又有一个抵抗外国侵略的问题，盲目排外和盲目崇外都是错误的。对于某些作品中不免流露的这类观点，我们将在为各书撰写的叙论中，适当地作些分析，供读者参考。

“洋为中用”是我们今天的主张，也是十九世纪先进的中国人的主张。“师夷长技以制夷”，不就是“洋为中用”吗？当然，随着接触和认识的逐步深入，人们慢慢地看出：仅仅学一点“长技”，搞一点坚船利炮，还是不行的；要救国，只有维新，维新行不通，就只有革命。伟大的革命先行者孙中山，用他自己的话来说，也是在一八七八年出国以后，“始见轮舟之奇、沧海之阔，自是有慕西学之心，穷天地之想”，才树立了推翻清朝建立民国的大志和信心。历史无情亦有情，后人的思想和事业肯定要超越前人，但前人的足迹总可以留作后人借鉴，先行者总是值得纪念的。

今天的世界已不是十九世纪的世界，今天的中国更不是清朝末年的中国。今日之中国，已经逐渐以现代的面貌，出现在世界的东方。但是，世界的进步越来越快，中国的经济和文化等许多方面还需要不断地发展和提高；这就必需继续打开眼界、走向世界。打开眼界以后，还要学会分析，分清好的和坏的。一切好的东西，要拿来为我所用；一切有害的东西，要实行抵制和预防。在这方面，前人的经验和教训，有一些也仍然值得我们注意。

谨将这套丛书奉献给爱好历史和文化、关心中国和世界的读者，希望它能在中国现代化的过程中，起到一点微薄的作用，是为序。

丛书凡例□

一、“走向世界丛书”一九八六年前已刊三十五种，二〇一五年起仍按原定一百种的计划继续刊行，仍然专收现代以前用文言写作的国人考察西方（含开国后的日本）的记述，仍以亲身经历、直接闻见者为限。

二、丛书按作者出国年月排列次序，尽量单行，即以一种为一册；字数过少无法单行者，才以两种或数种合订成册。合订本尽可能以类相从，按第一种出国年月排序；其各种均在封面列出书名，书脊则只列出第一种书名，并在其下注明“等几种”。

三、每种（册）书前，均由编校者撰写导言（叙论），介绍作者有关背景和书中重要内容，酌加评论分析，以供读者参考。

四、丛书均经编校者校订，标点分段，并加边批。边批的内容主要包括三个方面，兹以《随使德国记》为例，举示如下：

1. 标题、提要和说明，如“星使由苏州来”、“普鲁士分一十二省”、“演八十日环游地球的故事”、“如夫人即赛金花”、“‘人工’今皆称工人”。

2. 书中较重要的译名（加括弧注出原文或今译），如“德璀琳（Detring）”、“毕驷马（俾斯麦）”、“布莱门（不来梅）”、“德利风（电话）”。

3. 原文的订正和存疑，如“‘公司船’原无船字”、“‘骁勇’原作‘骑勇’”、“‘薛福成’成字原作辰”、“奥京立斯本应是维也纳”。

五、每种书后，均附人名索引，人名依首字笔画和一丨丿丶乚排列，按年、月、日三节数字查检（正文单页码下均有年、月、日三节数字备查）。如德璀琳之“德”字为十五画，于索引

“十五画”内检得其名下首列“13，8，17”，查正文“13，8，17”在P.3下，即可在P.3上找到（光绪十三年八月）十七日“乘肩舆往拜税务司德璀琳”的记载。

六、每种书后，一般附有译名简释（今昔译名对照，必要时并加说明），亦依首字笔画和一丨丿丶乚排列。如“卜兰墩浦 Brandenburg，勃兰登堡”，又如“勺勾腊 chocolate，巧克力”。

七、人名索引和译名简释的条目，并不限于边批中所举者；边批中所举者，则必皆收入索引和简释。

八、人名索引按年、月、日三节数字查检，其原书不著年、月、日者，则按篇章序号或页码查检。

九、原文因排印（抄写）而出现的明显的文字错误径予改正，不在边批中注出。

十、原文中同一外国地名而作者译法多样，

如缪祐孙《俄游汇编》中“彼得堡”就有“比得堡”“彼德堡”等异文，“莫斯科”也是如此。此种情形，无碍阅读，故一仍其旧，不作统一。

十一、原文中之统计数字均一仍其旧。少量表格中之统计数字，为方便读者阅读，改为阿拉伯数字。个别已经失去时效、并无参考价值的资料，则在说明情况后予以删去。

（十二）丛书均以简体汉字印行；除总序、凡例外，编校者所作导言（叙论）、边批、索引中涉及的数字均按现行规定采用阿拉伯数字。

叙论：两部旅程相似的环游之作□

刘　柯

尽管经历了五大臣出洋列车在火车站被炸的事件，清朝廷依然还是派出了大臣前往欧美日本，一探宪政究竟，预备立宪，以期挽救濒临灭顶之灾的大清王朝。光绪三十一年十一月二十三日（1905 年 12 月 19 日），被派往欧美考察的戴鸿慈、端方一行，乘坐一艘名为西伯利亚的轮船，从上海吴淞口出发，经日本前往美国、欧洲等地考察政治。

随同戴鸿慈前往欧美考察的随行人员有近五十人，其中就有刚刚回国不久又被推荐作为随员随行的浙江人陈琪，湖北派出的随行考察官员金鼎。不过，收录在这里的陈琪的《环游日记》并不是这次的考察所得，而是他在此前刚刚花了近一年时间环游完各国的见闻日记。金鼎的考察报告，则是这次随行人员多部考察报告中的一部。两人所记虽不是同一次的经历，但他们经过的路程、到过的国家则基本是差不多的，也都是从日本到美国再到欧洲，然后经地中海、印度洋、南洋返回国内。

陈琪的环游日记

《环游日记》的作者陈琪，在中国近代史上也是一位具有传奇色彩的人物。他1878年出生于浙江青田，1899年入江南陆师学堂，1903年任湖南省武备学堂监督，曾两次赴日本考察军事。1904年，被派往美国参加圣路易博览会。此次展会上中国代表团获奖牌总数第一，陈琪功不可没。1906年，他被保举为参赞，随著名的五大臣赴欧美考察政治。归国后任道员，负责两江督练公所教导处、南洋劝业会诸事。1915年，美国为庆祝巴拿马运河开通，举办万国博览会，时已入民国，北洋政府任命陈琪为赴美赛会监督兼筹备巴拿马赛会事局局长。中国此次参赛品种与获奖数量均列各国之首。陈琪可谓是中国展览会先驱、中国世博第一人。

特别值得一提的是，陈琪完全依靠自学，掌握了日、德、英三门外语，为他在国外的考察、展览、游历带来极其有利的条件，而他亟愿中国国家富强、民生改善的拳拳之心，更令人钦佩不已。他在圣路易博览会后撰写的《美洲博览会记》绪言中说："吾侪旅美数阅月，日涉此会，横览五洲各国陈设之物品，目为之眩，神为之移。回顾华人所列风俗、土产、商品、庙貌，泪涔涔下，心怦怦动，早夜彷徨，不能自已。”因著是书，“以告我同胞，俾未游斯土者晓于商战之剧烈，会所之内容，大势之趋向，乡土之缺乏。或可效善良之习尚，生妒慕之热忱，各以改良进步相劝勉，尤吾侪所馨香颂祷而以望我同胞者也”。读《环游日记》，上述良苦用心在字里行间也随处可见。

陈琪在参加圣路易博览会后，花了近一年的时间游览欧美，其见闻大要，就是我们面前这本《环游日记》。

名曰日记，其实并没有每天的流水帐，跳跃性很大。有事则详，无事则简，甚至干脆不收，也就是作者开篇所说的“见闻所及，随笔记之，以当报告”。因而一年下来，不过三万馀字而已，而记美国与德国的部分，又占去一多半，所以其他国家多点到为止。

记德国的部分，仅限于两方面，一为陆军兵制，一为克虏伯厂的军事工业。除了技术性的记录外，作者特别强调德国全民尚武的精神：“全国以武备为最高等之学业，武官为全国之第一流人物，当兵为国民之义务，人人以得应征选为荣，德国女子俱乐与兵偕行。”并且认为：“德国官制民俗皆自兵出，其学制亦最为完备。其教育精神则以忠节武勇为尚，最与我国今日相宜。”当时的中国积贫积弱，“东亚病夫”之名痛人心肝，作者陆师学堂出身，有此感受理所当然。

较可注意者，是书中记叙的美国部分。大约因为作者在美国停留时间较长，观察多少深入一些。特别是对其国民性和教育的描述，至今仍不无借鉴意义，兹摘录几处如下："共和国民具有同等自治思想，不屑甘居人下。遍国村落设小学，贫者免其脩金。""马路、球场、公园、舟车，各处无喧哗声，足见秩序自治之严。""大中小学堂、图书馆、公园、医院、育婴堂、盲哑学校等随在皆有，其中多一省一镇所设者，然以个人而举此等事者数数覯，出其私产以谋公益，其公德心之勃发，令人生爱生敬，有不能自已者。""乘车者率手新闻纸，无大声谈话者。""美国学堂经费，出于遗产乐捐者十之四，生徒所纳脩金约居十之五，其馀则政府与地方杂捐之款也。"

陈琪是一位既怀抱爱国之心，又能容纳西方先进事物的新一代知识分子，否则不可能以赞美的笔调如此记叙，这大概也是我们今天还能从这本一百多年前的日记中得到收获的主要原因吧。

巴拿马博览会后，陈琪一度计划同美国朋友在中美文化、商业交流方面做一番事业，但在军阀混战的年代，他自觉"心长力绌，莫补时艰"，数年之中，惟在上海郊区赋闲而已。1924年底，他早年的一些四川籍学生邓锡侯、刘文辉、田颂尧等已手绾兵符，联名电请他担任四川警政厅长。陈琪赴任后，颇想有所作为，然而几个月后即身患肺炎，不得不东归上海疗养，途次九江，一病不起，年仅四十七岁，殊称可惜。

金鼎的随同考察报告

《随同考察政治笔记》，是藏在国家图书馆的一部抄稿，没有出版过，从其首句“谨将随同钦宪游历美德俄义奥五国考察政治笔记缮呈宪鉴”来看，这就是该作者随同钦差考察后上交的一份考察报告，作者也没有署名。在整理中，我们发现有一段文字可以判定作者名鼎，见于其光绪三十二年二月三十日的记载中，当时作者随同钦派使臣戴鸿慈、端方觐见德皇，参加宴会时称“德皇皇后对面坐中正座，同席中西七十八人，鼎坐在皇后之右侧第六座”；又，三月初一日记载，“奉钦宪特派，随同出游考察各联邦政治”。查戴鸿慈《出使九国日记》（见“走向世界丛书”之初编），于卷七中开列派往德国各地考察的随员名单中正有“金鼎”其人。在《出使九国日记》卷二中，戴鸿慈详细地罗列了其随员名单，其中有“各省派往随同考察者四人”，其中金鼎峙生、蔡琦子钊为湖北委派者。又《随同考察政治笔记》中有两处提到与留美、留德的湖北省留学生交流，鼓励他们勤奋学习，“回国大兴创业，以图富强”。由此可以判定，这部抄稿的作者就是当时随同戴鸿慈、端方出使各国考察的湖北官员金鼎字峙生者。

作者作为陪同考察人员，所承担的也就是随使记录其考察过程及考察所涉及的诸多方面。但这次随行人员较多，金鼎又是鄂省官员的身份，他的这篇报告名曰考察政治，但涉及政治的方面似乎不多，倒是在金融、财政、教育、司法等方面的记载较为详细。如在美国记录下来的有关财政商务方面的两个小节就很有参考价值。

一是至美国财政部拜访其副部长卡思，卡思谈到了美国各种税款征收之事，并直言中国财政四种弊端，其中一条说道："公私款不分眉目，所征各税专供国家，不为百姓料理地方之事，以至公家每有急需，而民不乐输。""出口税重，入口税轻，轻重倒置，利之外溢，大率类此，岂不大耗国家财政之元气。"作者认为其言虽直爽，但大多切中肯綮，值得思考。

二是作者在哥伦比亚大学参观时，向理财科锡格尔教授询问中美货物往来优劣的大概情形时，锡格尔的一席话颇令人玩味：

> 美国运中国之煤油、五金、棉布各种杂货，美国现在商会专派有学问之人常驻中国，考察商情，何种宜改良制造方合中国销场，何者宜减轻工料成本方可以广销路，中国人之好尚，时有报告回国；且制造转输，均极灵便，又能联络公司以专其利，所以商务日臻上理，年胜一年。中国运美之货物则不然，如丝茶、桐油、樟脑、大黄、磁器各货，日见窳败，不求改良，又无商会考求制造，转输极不灵便，往往发一信定购一货，迟至两年始达。又中国商人常云中国厘税苛待华商之处甚多，而挂洋商旗运货转占便宜。种种自闭其利、自塞其源，商务焉得不年衰一年。

此类说法，即使今天来看，也不无参考借鉴意义。

在德国参观时，对德国的警察制度、教育制度的记录较为详细。又单列一节介绍了德国工商业学校的情形，认为“德国工商业之发达，实由于学理之竞争”：

> 工商业之进步，年胜一年，非偶然已，盖学问家与工业家两相联结，锐意研究，其坚苦不懈之特长，厥有四端：一曰游历互换智识；二曰陈列考试良楛；三曰各国公使馆领事馆则设商业事务员，报告商情，必使输出业之繁盛；四曰揣摩各国性质，爱用何物，虽形式之方椭，包纸之颜色，加意改良，投其嗜好，必使购物者之欢迎。

对德国人谨慎严格、精益求精的风格颇为推崇。

这个随使报告只有两万来字，但从其所记载的游历见闻、关注角度、思想见识来看，还是颇为认真负责的，绝不是那种走马观花的游玩官员可以相比的。

陈琪环游日记□

光绪三十年（1904）

四月二十九日　　自上海出发

五月初六日　　至日本横滨

五月十五日　　至美国旧金山

五月二十四日　　至圣路易

十一月十三日　　至纽约

十一月二十三日　至英国伦敦

十一月二十五日　至法国巴黎

十二月初一日　　至比利时布鲁塞尔

十二月初五日　　至德国柏林

光绪三十一年（1905）

正月初一日　　再至比京布鲁塞尔

正月二十一日　　复返巴黎

二月十三日　　至科伦坡

二月十八日　　至新加坡

二月二十七日　至上海吴淞口

□据湖南学务处光绪三十一年印本

□刘柯校点

陈琪环游日记目录

陈琪环游日记

余于辛丑秋奉两江檄委赴日本观兵，得觇日本以欧罗巴之新知识崛起亚细亚而成一欧形亚魂之国，其进步正如潮涌，不可思议。然闻日人之神似欧美者尚不过十之三四，至是遂蓄环游志，迄今已四年矣。前岁承俞廉帅电调来湘襄创武备，复奉檄赴日本观兵，既竣而环游之志益切。居无何，赵次帅来抚湘中，励精图治，百废俱兴，而于教育实业兵政三者尤亟亟思输入欧美之文明借资治理。会美洲圣路易购地百年之圆满日开万国博览会，邀请赴赛，余以次帅命赴会陈设物品，调查实业，并往德国考察陆军，乃假周年之日力，仗海航铁道电气之交通机关，遍游欧美各国诸名都商镇，凡见闻所及，随笔记之，以当报告。（其工商实业等事详见《圣路易博览会记》，不复赘述）

欧形亚魂的日本

环游由来

光绪甲辰四月初六日自湘之沪，二十九日自沪首途，

光绪三十年(1904)四月廿九上海出发

照章先以行李送验于美医生，施以避瘟药，再运至协隆船局。翌日傍午乘美公司小轮到吴淞口，出崇明峡，转乘美公司之支那轮船，晚间展轮。

纪验病情形

凡旅客于买票之前，须赴美医生家验脉，并种牛痘，需银三元。

验病情形

由吴淞上船，凡来自香港之旅客，悉数排列船面，诊其左脉。可疑者剔出，以银针入口试验，无毒者方为合格。

到长崎停泊一日，由日本医生验脉。以卫生局小轮载客至海口检疫所。此处倚山临海，森树葱茏，鲜洁可爱。浴室茶室，纤尘悉净。侍者服白衣持袋，嘱解衣履等入袋，给以牌证。（其衣袋应用蒸汽熏灼，所以杀虫免疫）入浴，每人一房一盆，旁置自来水管，上缀莲蓬水壶，一捻其机，则喷泉四射，全身皆净，爽利无匹。浴已，更以日本浴服，出外纳凉，持箑饮茶，心脾为之一快。

淋浴

船上房舍隙地，皆以药水洒之，其服役水手人等，悉数入浴蒸衣，方准开船。

浴后方能登岸

到檀香山前一日，船上医生验眼进口。时檀岛美医生来验胁下腰下有无症结，日本高丽与华人等另船运往浴室，涤净后乃许登岸。

自檀香山开船，每间三五日检验目疾一次。

30,5,6

到金山埠，医生检验两次，一验目疾，一验隐核。

纪上岸情形

（初六）到日本横滨。上岸乘车入东京，一路恤兵会出师旗络绎不绝，与前次景象大异，即如街上之铁道电车，亦旧游时所未有之物也。 五月初六至横滨

自横滨开船，浪颇大。船吏验香港旅客之护照，询明履历，校量身材，将以转呈金山关员也。

上海开船行三日半到长崎，六日到横滨，自横滨行十日到檀岛，自檀岛行六日到金山大埠。

（十五）到埠。日本人来自横滨檀岛者皆登岸，来自神户与来自香港之日人华人均呈照待验，未许登岸。 至旧金山

（十六）关吏索余等三人赴赛之护照，展问年岁职业，意颇不恶，嘱稍待再行知照。余等护照自沪关道发给，交领事签印，是为合式之照，惟商人护照西文字迹间有错误处，因钟领事函嘱，关吏准许上岸，自香港来者仍无消息。

下午上岸时检验行李，适领事署学生欧阳朗斋来，接至明治栈寓定。

同寓广东官派留学生陈镇南、冯君攀、许伯庄、黄世澄咸来问讯，询悉广东官派共四十五人，分往英法德比者二十人，往美国东方者九人，寓金山者十六人，将习武 武校仅准一人入学

备，闻美武校仅准我国派送一人入学。

晚间偕馆主栗野君往唐人街游玩，水月宫内笙管嗷嘈，饭馆戏园宛若上海，遂在永顺居内晚餐。西人就食者颇多，盖相传为李鸿章杂碎云。

杂碎即合肥话杂烩

美国工业以东方为盛，金山则以农业著名。

美国征兵之制，民兵年招一次，一年满期，按时操演，不给兵饷。征选之数约合丁口五分之一，常人以得应征选为最尊最荣之事。

具有同等自治思想

共和国民具有同等自治思想，不屑甘居人下。遍国村落设小学，贫者免其脩金。入学十二年，卒业于高等科者取入大学，四年卒业，男女一律可得博学士等名目文凭，其入兵籍充武员者，担荷国事，尤为国民最高级。

（十七）往加里福尼大学及专门诸学校。先乘电车到码头，车与船接，入船不觉为海，倏忽渡登彼岸。登车到白加里学舍，连亘十馀所，南北两大座，其间设讲室、化学室、器具室、谈话室、音乐房等类，无住宿舍。

讲室椅位旁设小杌以供笔记，男女杂坐。

藏书楼圆顶天窗，楼三层，缘边为栏，阅者自由取书，或凭栏或坐椅，数逾百人，而声籁俱寂，其静穆有如此者。

公共场所无喧哗声

马路、球场、公园、舟车，各处无喧哗声，足见秩序自治之严。

大中小学堂、图书馆、公园、医院、育婴堂、盲哑学校等随在皆有，其中多一省一镇所设者，然以个人而举此

30,5,17

等事者数数觏，出其私产以谋公益，其公德心之勃发，令人生爱生敬，有不能自已者。

小学教育之特色有四：

一、孩提入塾时即教以公德伟人传，俾其自少涵育于公德之中，迨以后遇事而公德自发。

一、每逢星期或庆典悬国旗于堂上，率众敬礼，唱爱国之歌，使其国家思想自然发达者较为真挚。美国生徒率皆异国人族，而爱国精神竟沦浃于肌髓者，恃有国旗国歌而已。 升旗仪式 爱国精神

一、体操游戏所以鼓其强健精明之神气，而尤足因时以卫其生，故夏则散步公园，濯足海滨，冬则赛跑冰场，怡情跳舞，使生徒觉学校之乐更胜于家常，一种活泼之情自鼓舞而不能自止。西国士子猛如虎活如龙，其所以至此者岂无故耶！ 体操游戏 强健精神

一、广置音乐以陶淑其性情，多设标本以启发其智慧，戒妄动以牖其爱洁之心，明公谊以引其乐群之念，教育之旨，其在是乎！ 音乐启智

美国工人出外皆乘电车，每车容二十馀人，无分等级，不论远近，取资五仙。街上绝少行人，乘车者率手新闻纸，无大声谈话者。货车垃圾车皆在夜间转运，不碍行人，故能维持一切静谧洁净事宜。 乘公交者 多看报纸

（十八）游观诸小学，有单级者，有多级者，有初级者，有高级者，近又有幼稚园补习科，而小学教育渐臻于完全矣。

蒙学小学最多，大半无住宿舍，生徒率买街上电车之常票，每日按时来往。

夜晚街道热闹非凡

夜闲步大街，电灯璀璨，招牌字样纯以五彩灯光排成，横直半圆，诸式变化，闪烁如水晶世界。劝工场之陈设蜡人衣饰，尤为奇丽。街口热闹处有高立演说故事者，听者环集。

我留美生难展其才

（十九）晤章伯初，谈及我国学生之未成者，既无能浚西学之真源以输之祖国矣，已成者亦有种种之屈抑困难，卒不能归任国事，宏济艰难。如金山领事馆翻译欧阳少伯，留美三十馀载，卒业于东方法科大学，研究海军亦有年矣，官迁至道员，仍任翻译，近政府修改军律，未闻有征聘之命以展其所长。日本之伊藤、山县等皆当日同时之出洋学生也，而一彼一此，效果悬殊，此心能无滋痛乎！

查金山之唐人街，侨居粤人一万七千，铺户四五十家，业日本古玩中国丝绣者二家，资本最足，馀皆办华货转售与华人者，其他则十分之八操洗衣工，夜间从事于鸦片赌博者众。华人素乏教育，不爱洁净，唐人街为该埠著名不洁之地。清道局出资四五万借资洒扫，仍然如故。所设善堂会社，分门别户。报馆二所，曰文兴报，曰大同报。戏馆一所，曰水月宫。中华会馆在领事馆左近，组织学会仅逾半载。是日留学生齐集，陈澜生（锦涛）演说学界事，余倚装不及往。

华人居此不爱洁净

30,5,20

美洲西方留学情形

学级

大学二十八人，专门学校十四人，预科及高等学校四十四人，小学三十人，私塾二十八人。 各种留学学校

专门

政治一人，法律三人，商务五人，农学四人，工程四人，机器三人，矿学三人，博物三人，群学二人，外国文学一人，纺织一人，音乐一人，医学十人，牙科一人。 留学学习课程

省分

广东一百十七人，安徽八人，湖北六人，浙江四人，江苏四人，满洲二人，福建一人，云南一人，直隶一人，山西一人。 留学生源

费别

官费二十一人，自费一百二十五人，都一百四十四人。（近日不止此数） 留学费用

（二十）自金山往圣路易，行李由车掌包运到驿。每人准携行李百五十磅，逾此须另给费，惟在上海先买车票者准照海运例携带三百五十磅。

（二十一）车行经加里福尼省停车场，颇为繁盛，惟一路多沙漠荒原，间有村落，亦不过麦数亩树数行而已。

（二十二）行至尼不拉加省，一望平原沃野，新麦已

农人耕种悉用机车

获，芦粟未收，绿树参差，风车森立，农人耕种收成，运重致远，悉用机力马车，无若华人之勤苦胼胝者也。

纪车中陈设

寝车悉铺绒毡，每床位对面设长机，夜间小使治栖，以两机向对面并成一榻放下，壁橱被帐咸具，洗所便所镜台梳具属焉。

（二十三）到和马哈换车。

至圣路易

（二十四）到散鲁伊之育尼恩车驿下车，乘马车到马气特街，询往广恒昌铺内。午饭后导余等到会场游戏园晤广东诸人，至农学院晤傅君廷奎，引余同寓。

陈设湖南赛品

（二十五）偕傅君廷奎往见黄监督子元，商请料理华商赛品，允函告柯巴二洋员。同时巴某嘱余持条往会长办公所换据照相，请给进门证书。无此书者日给进门美钞五角。

闻巴某在会场与华商学生等已冲突八次，人皆切齿恨之。

（二十六）陈设湖南赛品，以其半先行报关试售。候至十馀日方来验货，并候接到准票方许发售。

华商来美吃亏不少

小本商人横被罚税，大半亏蚀。盖正税已占货价之半，况加罚耶。华商来美，一受美国人之轻侮，二入口登岸之抑制，三货税之苛罚，四验货耽误日期，以致华人吃

30,5,27

亏不少。抵制之法，惟有约广东上海商会不受美商运来之货，则美国之面粉、木板、棉布、洋油四者无销路，而南美东美之制造厂必多歇业矣。

又美国入口税动抽货价之半，吾国口税值百抽五，此绌彼盈，亦通商之一大关系也。 美口税重 中口税轻

（二十七）晤湖北照料赛品员陈光甫，言谈之顷，其爱国热诚令人可敬，且坚约余任调查之义务，编辑成书，报告国人。

（七月初四）为赴赛华商第四次叙会之期，同人举余演说，大旨谓华人当知自重，不可放弃权利，徒仰外人之鼻息等语。

（初五）江南私费学生黄席珍来观会，约同料理湖南官物数日。（以下至十一月会场调查记事悉登别本）

（二十三）由圣路易往锡加哥调查商业。 往芝加哥 调查商业

纪美国经商之术可异者有二种

一、衣铺暗遣美女帮穿时服，满街游玩，故标特色，令人可羡，则其衣获售矣。 美女衣模

二、承办某种货物积滞难销，暗遣伙友向同类铺内索购某种货物，纷至沓来，则该铺必将疑某种货物行情最紧，纷纷来批购矣。 同伙假购

（二十五）偕黄席珍往锯板厂，探悉锯机价目需美钞

七百左右。其器以铁轨车轮往复运动，每前推一次，由圆轮锯齿锯切一片，其锯粉则以水车形之物运转出外。

牧畜大会

闻锡加哥等各大埠每年设牧畜会一次，聚各省兽畜禽羽，比赛畜养之法。无论马良牛肥所有牧料兽医等法，赛得最优文凭者奖美钞十万圆，车费场费公家任之。

宰屠所活兽进门后越五分时而肉排出门矣，再越数分时而熟肉装罐者出门矣，机刀之用，灵捷如此。公家牧牛场设经理一员，兽医一员，牧者数人。兽医验明无病，方准发屠。

总统遇刺

闻前次锡加哥大会，大总统麦坚尼于赛会期满前二日到场游观政府院，刚出门时与议绅握手为礼，为工党刺死。此次罗斯佛于会满前二日到会，不准臣工握手，每游一院，屏去闲人，疾趋而过，盖惩前总统之失也。

工党罢工得不偿失

前岁锡加哥工党与共和党冲突，聚众罢工，勒加工费，资本家允每日加二十仙，而面粉牛肉食物等亦悉加价。工党所得不偿所失，计每日加薪外尚亏四仙，于是舟车工作悉数辞退，街上不行车者数日。资本家听之，卒不再加。商旅无人，公司歇业，佣工者悉遣散。七日，工党窘于生计，无所得食，将肆抢掠。政府闻之，召集警察军与常备兵到场弹压，电车悉载兵勇，举枪待发。工党潜伏不出，仍与资本家讲和，依旧操业。

余游锡加哥仅五日，访查商业情形远过于圣路易。华人在彼处业磁器者颇获利，此间工业农器甲于五洲，商店之繁盛，交通之机关，与纽约相埒。

30,7,28

（二十八）由锡加哥往因提阿拿晤教会牧师格兰特利君，谈及美国之有教育自教会始，使溯十七世纪全国甫设大学校二十一所，而以哈佛大学为美国大学之权舆，渐而东方各名学校接踵而起，其间十之七为教会所设，设自私家者止得其三。初只为造就教士起见，厥后知大势所趋，渐改习普通学。至今美国人民得有普通知识者，实此等学校基之，然则教会之功庸可没耶！ 美有教育自教会始

教育进步

十七世纪之课程，注重《圣经》、外国文，而科学仅有格致、种植等项，至十九世纪而专门课程于以大备，如工程、机器、电气、农学、矿学、化学、制造、图绘、冶金、卫生、园艺、铁路、林木、水师、陶工、织造、开浚等专科，学生岁有成材，不可胜用矣。 课程大备

美国学堂经费，出于遗产乐捐者十之四，生徒所纳脩金约居十之五，其馀则政府与地方杂捐之款也。 学堂经费

格兰特利君询及我国商镇已设电车否，答曰无之。渠言电气为世界寻常日用之物，世人所公认也，电车既通行万国，获利之丰亦有明效，贵国不知自为之，欧美工业家将群起为代谋矣。 电车之利华若不为欧美代谋

（初二）由因提阿拿回圣路易。 返圣路易

（初五）由圣路易往克利弗兰，乘必戛方尔公司汽车前往。诸同人有于是晚分途往金山回国者。余于晚八时开车，次日下午二时到驿，积雪盈尺。乘电车到必利亚大学，德国学生某代携行李上楼，晤黄君席珍，喜逾望外。黄君在大学将近四年，诸学友相得甚欢。

（初七）往观学校博物馆。馆内陈设地质矿石、人类、草虫、植物等以供学科之参考。教员某君来室，指示自制之昆虫与草木相关之理。每种植物夹入书之右页，其左页解析原理，因真物较图画为尤明也。别室内置中国汉装偶像三具，簑衣一领，木轿、纺织、挑贩等模具各一具，以供世界史记之参考。

汉装偶像

往观锯石厂。周围环造铁路，路旁以挖泥汽机铲泥入铁畚，转倾入车，运填洼地。其锯石之法，以钢条插入，逐渐横切，然后锯成长方块段与薄片。

往观磨面厂。厂内汽机十六匹马力，为楼三层，楼上置磨机九具，转磨转筛三次得净面，由长方空柱内倾入布袋，袋满则束紧，转运出售，其麦麸由筛下倾注他袋，不假人力。

（初八）偕黄君乘电车二时之久仍到克利弗兰，往观商店与劝业场。陈设之整饬洁净，远过于圣路易城。复往广东杂碎馆，询问华侨仅六十馀人，餐馆数间而已。傍晚五时到车驿，遇西比利亚之俄人，谈及战事，渠自称有亲兄弟在战场被戮，渠仍愿日胜于俄云。观此则俄人之离心可见矣。

俄人离心

30,11,9

（初九）由克利弗兰往华盛顿，谒梁震东公使，畅谈一时许。往华盛顿

（初十）往访周君立参赞，继访杨君朴人，晤谈甚欢。偕出，途遇端午帅之公子与美国高等小学生二人，并肩步行，展问数语，觉齿牙流利，聪秀绝伦，尚无纨袴习气，洵世家子弟之不可多得者也。乃偕杨君往晤之。

同时往访李秉安随员，相与午餐，餐后诣总统所居之白宫。则见门者仅警察二名，门内大厅一座，楼上分红绿蓝三色花厅三座，四壁悬史迹武功名人油画，平民随时可入宫游玩，惟入内必脱帽，无笑语痰唾者。总统白宫平民可游

华盛顿京城为天下清净肃穆之名都，绝非商业繁盛之总汇，以故搢绅宦族清流名士托足其间，组织完全秩序之社会，可羡亦可敬也。

华盛顿全城之街道房舍，先绘图而后建造，其规模景象遂为天下名都之冠。盖他国以渐而进文明，工程建筑亦以渐而臻美善，惟美国以文明人创文明之事业，故非他国所能及也。华盛顿城名都之冠

议院堂皇为全球之冠，内分上议院下议院两室，每室可容五百人，其间华盛顿议事厅、陆军所、海军所以及农工户外交各部诸事分条议办，由议长呈之总统签押发行。

藏书楼纯以云石建造，各国图书学校课本靡不备具。

（十一）趋使馆晤周自齐参赞，谭及留学情形，据云吾国留学生在美国毕业二三十年者颇不乏人，如某某习法科，某某习农学，某某习工程，毕业者近皆留美纳室，或留美学生多不归国

供职银行，或遁迹麦园，不愿回华任事。近日公使力荐某君于大部，闻某君要求四事：一任总办，二月薪至少自五百两起，三居住西式楼房，四见大宪免行跪拜礼云云。

美国巡警每日薪工四圆，悉选相貌魁梧者任之。

曩者圣路易被劫，巡警三人与盗格斗，被盗枪毙一人，总督亲出扶柩，合城绅耆皆为执绋，并助丧仪。

下午张振卿、杨朴人邀余同往生物园。园内积雪，罗陈异彩各色飞禽，如纯素鸳鹭、凤雁、鹯凫、驼鸟等，以及不可名状之物。

孔雀不置笼中，任其飞行自若，与鸽性同。

班马、大象、犀牛、刺猬、熊、猿、虎、豹分置槛阱，海兽爬虫各别其性以畜之。

生物园主人必须深究动物学之原理生理，务适于寒暖之度，饲以合宜之食物，以遂其生。

游人入园，取资一仙零。每礼拜内以一日半价任贫家工人游览，一日任学生游览，以增益国民之普通知识与学科之实验。吾国急宜设此等公益之举，以扩见闻。

（十二）由华盛顿往圣路易，途经费尔特、费薄夫禄等埠一游。

华盛顿汽车坐位无分等级，惟寝车取上等车价，以示平等之意。

至纽约

（十三）六时到纽约，渡彼岸，乘铁架电车趋中国领事馆。

下午往中国长老会福音堂晤会长许芹先生，与其妻美

30,11,14

国女牧师倾谈一时。许坚约移住渠家。少顷广东人之习讲道者与各教士聚集，孙君在堂谈及自强之道，国民自为之，外人不足畏也。曩者联军入都，德、法、俄三国几与其他三国有决裂之势，盖瓜分联合之说深不足据。欧人越海僻远，不过因殖民之计，觊觎我政权，不愿兵连祸结，扰乱平和云云。教会讲堂集广东年少者三十馀人演习英语讲道，每女士教授二三人，由会长评判优劣，分记点数。继一牧师演说中国变法之时代，开化之难易，教授之次序，拟在香港开设格致学堂，捐资创建，当时捐助者不乏其人。

自强之道
民自为之

（十四）往观各商店。至六街十四号内，场面较日本劝业场大逾十倍，世界衣食器用应有尽有，为楼六层，错综陈列，井井有条。每段设一帐房，包裹所以归总汇，凡客商购物一件，经手者送至帐房，客商向帐房付钱取物。所有经手伙计悉用美女，游观者纷至沓来，履踵相接，此亦招徕生意之道也。华商若能合资在上海创一劝工场，定价悬牌，零趸批发一概俱全，则外省客商自然乐就，生意之隆，获利之丰，未可限量。有志商业者盍亟筹之。

上海若学
未可限量

劝工场之宜注意者有四

一、男女衣饰宜制蜡人或木偶为衣架。

一、经纪宜试用女子为之。

一、货色应拣世界应用之物办全。

一、进出须有一定价目一定规矩。

（十五）往美洲工艺赛会场及研究音乐所、操兵场各处一观。华商季子卿由圣路易携带磁器赴赛，其仿古瓶类不能畅销，惟旧绣衣服可售。

（十六）由纽约乘白星船往英伦。与日人福加尼同房。寝食洁净，楼上设有藏书楼、烟室等。闲时与西人对奕、掷圈、推毂，或并肩步行，或携手跳舞，是为海行之乐趣。

船中过圣诞节

（十九）大风，群集食堂礼拜，贺耶稣生诞。舟中执事起立祷告赞美三次，既毕，小使持盘，众投以钱，闻系施送利佛普尔与纽约两地之育婴会。

午餐扎藤插旗，晚食耶稣饼，以志贺也。

到英国

（廿三）晚九时到利佛普尔，三时到伦敦，寓爱特畏客栈。

见张德彝

（廿四）谒钦使张在初都统，询及中国兵事，谓服装制度以一律为善。临别赠相片一纸。

晤随员尹元甫，偕往生物园。园广约八十英亩，较美京生物园大三倍，内置大蛇长四丈，外有几种野兽为中国《山海经》所未详，虎豹狮象不足奇也。

博物馆及高等大学校与美国略同，而器具书籍较多。盲哑学校所置印板书籍模字及机器触动之法与美国同。

英国法制渐形疏懈，如畜狗出外须罩其口，今则不罩者甚多。英国巡警为实行法律之人，夜间加倍警察，故盗

30,11,25

风得以永戢。英国陆军无一定服制，佣兵亦无年限，是陆军腐败之一证也。

伦敦戏园八百馀所，天上人间无奇不有，皆电之力也。

（廿五）由伦敦往法国。晚九时开车，一时到驼浮，渡海至法界开，两验关后换车到巴黎，时已五鼓矣。

（廿六）往谒驻法孙慕韩公使，称外部咨文已到，命余充驻法武参从，疑余此来为到差。及告以由美来法缘由，公使拟电告南洋，径留驻法，因辞以将次赴德，遄回报告后方敢奉命。

外部任命己尚不知

（廿七）孙公使邀宴，适是日西人度岁，为一千九百零五年之正月一号。宴毕，群往法总统王宫贺年。

十一月二十七日为西方元旦

商务随员张静江太守设铺于巴黎，出售丝茶磁器花绣绒毯等物，余往晤在店诸君，询及商情，据云生意若能推广，当可获利无算，惜资本不敷耳。张君回华集股未成，而川费店租两者俱失，殊为失望。

参赞经商

茶叶以福建红茶为最宜，大约中国一担百斤值银二十两者，在法国每启罗合湘平二十八两，值四佛郎，还税英洋八角二分。

磁器以五彩细花色暗者为最合饮食器皿，如大碟、茶杯、茶船、奶瓶、水壶、茶壶，中国估值在五角以内者均可畅销。

磁瓶以仿古五彩细料色暗估本二十元以内者可销，康乾古磁五彩高装者可售得二万佛郎，真古磁无税，尤为胜算。

绣货以旧式细花袖头旗装、龙袍、汉装戏衣等可售，花绣女衣以雅洁腰袖稍窄者为最相宜。

瓦器如茶罐杯碟等亦宜，惟获利稍微，每件仅可得一佛郎上下。（每一佛郎合英洋四角上下）

茧绸可销，多数获利仅一二分。

白素绸门面太狭，料厚价贵，均不相宜。

外人喜夹纱丝货，价廉料薄宽度三尺者为最宜。

法人俗尚屡易，如巴黎大会时雕刻木器可获大利，今则雕木桌椅镜架等之价昂者不甚相宜。

象牙玉器销路有限。

扇类玩具与石类泥类物件以工雅细致者为易销。

巴黎租店情形

巴黎租店费用

住房四间，每年一千四百佛郎。

伙食，每人每日四佛郎。

工价，每人每月一百二十佛郎。

上海进货二人，工钱每二人每年七千佛郎。

雇西妇做厨洒扫，每月一百二十佛郎。

驻法留学情形

留法学生情形

近来中国留学生驻法者百馀人，初到者居其大半，各

30,11,27

请法文教习在私家先习语言。其间以江、鄂官派者为最多，惜法文未习或习而未深，仅合小学程度，上焉者附入中学，次入小学，次在外自习，为费颇巨，收效甚迟。惟驻法使馆随员翻译等多入商业外交专门学校。

按吾国官派学生出洋，自为今日图本之要政。特外洋学科最重资格，语文尤为入学之要着，近来官派者每因程度不合，左右为难。然思中国内地沿海一带，不乏通语言文字之士，学堂成材亦有可观，倘示以一定出洋之程度，考取出洋，当事半而功倍也。

留学界之宜改良者五事

留学界宜改良者

一、学生程度须悬格招考，格式如下：（按招考格式非不严正，而难乎实行）

一、身体强健口齿清楚者。

一、外国语能应对外国文能解领者。

一、汉文清通者。

一、志趣远大性情纯正者。

一、学生已习何国文即须派往何国，不得以习英文者派往法国，知法文者派往美国，如近来纷杂之弊。

一、学费应在中国指定，每月若干，宁俭毋滥，若有他故应加者再行酌加为妥。盖因江、鄂官费甚丰，诸生犹嫌不足，他省亦纷纷率请添费，以致哓哓者皆为给养之多寡起见，无心为学问矣。

一、学生选定之后，须令其亲属或家属出具保结，由某生自具甘结，附粘相片，不得半途辍学或争费滋闹。

一、结内明定若干期限，何时回华，应赴何省，报效若干年然后任便出仕，不得在外国结亲终身不返。

巴黎戏剧

巴黎戏园数百所，或以音乐著，或以歌唱著，或工跳舞，或工排场，或善装扮，或多脚色，或工嘲谑，或工小剧，或演马戏，而以公家戏馆为尤善。余往观摄脱里大戏，演八十一日环游记一阕。（八十天环游地球 凡尔纳小说改编）一富绅与诸友赌醵，限八十一日环游世界一周，可赢金钱十兆枚，若逾期限，照数罚出。富绅诺，率一仆偕往，途经土、印等国，遇罗马萨摩教主侍女数百人环绕歌舞，适旧教主死，例杀二美女以殉，富绅等闻之下车，伏觇其异，不忍美女屈死，暗出枪杀教皇，携二女行。乘车至克耳克塔，贼伏车下，解车链，汽车行而后车止，贼劫二女而去。某绅往请英兵助剿，遇于途，歼贼殆尽。旋乘舟出印度洋，经太平洋、大西洋而归，仅八十日，获十兆金钱，蓄侍女数百，居然王家矣。

日占旅顺

（二十九）东方来电，日人已占旅顺，俄兵皆降，法人之党俄者大为寒心。余出街，疑余为日人，不为礼，且对余有怒容。亦可觇欧人国际思想之盛矣。

30,11,30

偕廖君序畴造谒拿波仑墓。墓下设圆塔隧室置棺，以石牌压之，上设木像神位，香花灯彩，日夜不绝。四壁纯用云石砌成，异常洁丽。两廊陈设各国军服并法国自古迄今之沿革军服，拿波仑战事所获各国之军械服装旗帜等项，中国之武卫军管带李、武匡军管带王等之大旗悬其上，想系拳匪时之所获也。

安南文武朝服二套、印玺二颗、国表一通，皆中国旧式，系征服安南所得，设之以示武功也。

（三十）上午十二时，由法京巴黎往比京拍鲁塞尔。

（十二月初一）往驻比使馆，晤杨诚之公使，谈及湖南庄李二生已入矿学，张生人亦安详，惟法语稍逊，暂留商学堂补习数月，即入专门矿务。 至比利时

华人驻比情形

比国自立仅八十馀年，设立大清使馆仅二年。比人待华人较优于他国，盖无下等华工厕足其间以伤国体也。杨公静镇，参随多明达，交际之间，尚能措置裕如。留比学生百数十人，由端午帅派遣者居多，皆近一二年间之新生也。川省学生十二人，刘君朴生为之监督，不合假归，杨公委使馆译官徐伯荪兼督之。川生性倔，屡以学费事见恚于公使，公使视诸生可造者仅三分之一，议撤归年老而钝某生等八人，诸生谓撤则俱撤，遂再四电商，川督允撤， 留比川生见恚公使

诸生亦电告川督，卒不果撤。近日特委吴摁青观察督之。诸生驻京城自习语文者三分之一，驻蒙士与黎业斯者居多。

中比商会

黎业斯会期伊迩比京，商绅议设商会，调查商品，交通商情，开中比通商之先河，特请杨公使赴会为代表，而华商宁波张耀庚联合学生数人，将别开商会，自树一帜，与比国人相敌，亦请公使赴会。公使因碍于比人，两处均不赴会，以免口实。夜往观马戏，其中小猴走跃、女兵操演较为出色。

（初三）往观制造军械各种博物院，规模闳敞不及伦敦。

婚丧仪式

成年男女自由恋爱

男女及笄能自食自力者自由结婚。凡礼拜日，出外闲游，如公园、跑冰场、跳舞会、音乐会等，寻欢访友，或遨游他国，物色风尘，得一情投意合者，然后告其父母，换定戒指。合卺之日，多半赘于女家。或凭父母签押证书，或报官签约，或赴礼拜堂发誓，或凭亲属之有名誉者为证。成礼时，亲朋结偶来贺，择其素望较优者相送至礼

30,12,4

拜堂。新人白衣，丈夫吉服，俟教主宣告上帝，男女对跪发誓毕，相率到大客栈内宴饮，亲朋以花朵致贺。宴费自女家出，三日后偕游他方，游费自男家出。

丧者之家，须报告教会，并报警察局员，验明非屈死情状，由教士洗净入殓，舆榇至礼拜堂，教主诵忏毕，仍以马车赴葬，亲朋咸乘舆执绋，送花为吊仪。

（初四）往使馆见杨公使，因赛会事条陈权限办法十四条，颇蒙嘉许。 条陈赛会事务办法

下午由比京往德意志。

（初五）晨到德京柏林，乘舆至公使馆，晤荫午楼公使。 至柏林

（初六）往和夫客栈，晤南洋新到留学生二十馀人，前江南陆师学堂学生也。首次所派南洋留学生高云衢自喀瑟耳来京招待诸学友，语言甚欢。

（初八）偕高云衢到喀瑟耳营内，由陆师学堂派来八人之驻喀营者相见欢然。余与张雨葵同舍，逐日入联队访察营队情形。

德国兵制概略（详见别本与德国军制参观）

德国常备军共四十二师团。 常备军

正兵十九都统。

馀兵三都统在外。（抽作卫护调防之用）

一都统有两师团内附。（一营工程队，一营辎重队）

一师团有二总统或三总统，步队一总统，马队一总统，野战炮队。（内一营马炮队或一营短管炮队）

一哨工程队，一哨辎重队。

一总统六营。

一分统三营。

一营四哨。

武官自排长至将官分三级，每级分三等。

下士分上中下三等。

马炮二队当兵三年，步工仅二年，预备兵充至四十五岁为期满，期内每年按期到营演习两礼拜之久。

世家子弟认当义兵一年，不取兵俸，食衣住三项均由自备，肩上以白线缘为记，欧美军服以德国为最整齐。

营官以下之月俸

营官每月三百马克。（上等营官八百马克）（一马克约合华银五角馀）

哨官　百五十马克。（上等哨官曾充六年者四百马克）

排长　百马克。

上等下士　六十马克。

中等下士　三十五马克。

下等下士　二十马克。

兵卒除衣食住费官给外月费三马克。

30,12,8

武官升阶

高等武官之初级为队长，任队长九年（九年中入营若干时入学若干时或入工厂或游历）可升哨长。（即上等下士之职务）

哨长六年升正哨官。

哨官十二年升正营官。

营官以上则量材擢用，不全拘年限也。

武学生速成之升途

一、当兵三月或一年。

二、充下士三月。

三、入武备学堂三年。

四、选充排长二年。（照例应九年半）

以上为武官之初等升阶也。

华学生适当之留学期限

一、当兵三月或六月。（德文有二三年程度能解德语者）

二、充下士三月。

三、入武备学校一年。

四、充排长二年。

五、入大学三年，速则一年。

武官任务

现今兵法，贵疏散而又有隐蔽，其战争调度责任，专重下士。下士之职务亦最繁，下士须极干练能任一切劳苦烦琐之事。 现今兵法哨官有要事他往，以上等下士代理。

营官每日十一时至一时在营办事，操场教练由哨官命定，责在排长，分派下士，哨官随意出场视察而已。

武官一生之聪明才力，惟当士官时为最盛。

武官一生之事业，全在当排长时植有为之基本。

每哨以排长二人分队演习，时一领新兵六十人，一领老兵六十人。

每哨新旧兵各居其半。

每哨排长二人，上等下士一人，中下下士十人或十二人不等。

哨中一切公文银钱传令等事，均由上等下士任之，故上等下士须终日在营，并准其眷属同住营内。

哨中惟上等下士事务最繁，权亦最重。

哨官每日当操演之时，出外阅视半时一时不等。

哨长可代哨官之事务，整排演习，哨长领第一大排，两排长领二三两大排，排长有故，即以下士代之。

新兵操练，责在下士，排长在场审视，哨官间出阅看。

营官之书记官须由武备出身谙习兵事者。

哨官排长均准用兵仆一人，由官长另给月费三马克。

哨官公马二匹。

营官公马三匹。

上官到场，下官以等级按礼报告，与日本同。

凡巡兵怠惰或兵卒不听命令，罚坐诸等暗室，以犯之

30,12,8

轻重定罚之久暂。

炮队

炮队一哨，带子弹车三架，杂件车二架，兵粮车一架，马干车一架。

每炮带锹二把，（系连炮架）锄二柄。

行营炮队用长管炮，口径七十八米里，密达炮，管下衬密筒，为最新式，其益有三：一挡热气，使炮管不致炸裂，一抵下震力，一御退力，而其与旧式差异者又有四：

一、炮上有停轮机，使机端木片靠紧轮边，轮即不能自转。

一、瞄准棍可折转向前，用时向后，插板亦然。

一、准的副仪因准点或有蔽，用副点以取准，先将六炮列作平行线，再置照准仪于炮上，底片两端各刻三十度，视偏度之大小以更改之。

（注意）每一度可改横差五十密达。

五十密达以内则用表尺之横度。

若无副准之实物可瞄，则照直角以推测准度，求出偏差以改度数。

一表尺附片以铁为之，附于表尺之旁，上下均刻四分，取其片之分数以遮盖表尺，便于改准炸点，不必再改表尺。如表尺用一千五百密达，引火用空中开花，定准一千四百五十密达，嫌其炸点太低，可将铁片加上一分，盖过表尺五十密达，仍照一千五百密达定眇，其实表尺已加五十密达，惟可省口令一句，免致表尺与引火混乱而已。

德国行营有马炮队，炮兵六人均骑马，或五人一炮，三人骑马，两人坐炮车。喀瑟营所用之炮，皆七十八米里口径，每炮炮兵八人，内有三人骑马者，专管马匹，每日喂养洗刷换草擦鞍皆其分内事，五人坐炮架与前车者，专管擦炮等事。 德马炮队

每哨炮队置马六十匹，每房置马三十匹，每匹以铁杆隔之，杆之两端悬链于铁柱，后壁有石槽，槽内置野粮草干麦粉等以喂马，地面铺盖厚板，板上盖稻草尺许，以铁条横压之，铁条上环扎稻草，每日将铁条掀起，去其上层马粪，每礼拜统换一次，地下设阴沟以通污水，使注于河海。

每七日由队长率马医检验一次。

炮兵先练驭马法

病马另置一厩，格外洁净，细心调养。炮队先练炮兵驭马法，每日由下士轮班教练，或在外圈，或在内室。内室长方形，地上铺木粉，和以带湿沙土，每日掘松淋湿，不使扬尘，且使马蹄无损，实较外圈为便，如令其对角走，则视四角之叉形记号，如令分转双圈走，则视两方之每四小圈为准。

室内设有水沟，使练跳沟之法。第一次慢走逾越，第二次快走逾越，第三次快跑逾越。树篱以柏枝为之，高约五十生的，两端稍高，照前三法跳越，木闸亦同。

马炮队体操增加二式

俯卧撑 仰卧起坐

一、手足下地使腰股凸起。

一、仰睡使足起接首。

30,12,8

炮靶有四

一铁靶，二炮架靶，三木制马靶，四各种步靶。

炮兵进营四月，击放假子一次，六月击放真子一次。每年秋操击放假子。每年内打靶一次，计一月之久，半月虚演，半月实验，试击全军各队活靶鹄的。

炮队新议改章，定期二年出营，惟马兵仍三年。

马队

马队有二种，一重马队，一轻马队。重者马高人大，轻者较小。马队附属蹄铁场一所，鞍辔场一所，兽医一员，药室一所。

教授骑马次序

骑马次序

一、以皮带拴马，使转圆跑走，令骑兵跃上马背，或跃过马身。

二、无鞍无辔空骑走跑式。

三、有鞍辔而无镫试骑走圈。

四、鞍镫整齐讲究上马下马法。

骑法

一、两手分指拉缰，使马首提起而马口后勒，则马背上凸，可增负荷力而不受伤。

一、两足跟宜平靠马肚，足尖向前稳定，最忌足刺摇动，刺马受惊。

一、腰直眼平，全身随马背从容耸动。

一、缰绳不得过偏，使马口有偏左右之弊。

一、胸肚正面向前，臀坐适平，两足方稳。

驭马法

驭马法

一、使马右转一二三数，转时右缰微紧，右足靠拢，左足与臂微动，使其自然按次转正勒住。

一、使马左右横走靠拢，式如向右横走，则将右下缰微动，右腿微松，左腿靠紧或稍动，使马半面横走亦然。

一、勒马后退，则将缰勒紧，两足皆动。

马队速率

马队速率

慢走（一周）……………65 秒
小走（一周）……………34 秒
大走（一周）……………28 秒
快走（一周）……………22 秒
慢跑（一周）……………29 秒
小跑（一周）……………21 秒
大跑（一周）……………15 秒

（以上）指马场转圈一周而言，每周约长五十米突。

工程队

一哨工程队带轻铁船六只。

一哨应用材料，车八辆，归属辎重队，每只铁船需用车一辆，锚二只，横梁八根，直梁四根，木板十六片，以三马拉行，车轮与炮架同。

工兵宿舍

工程兵舍闳丽，需费一百五十万马克造成，内驻工兵二营。

房舍之位置连亘一所，东西住室，每房十人，下士寝室在内，以帐幔隔之，每榻上下床，以铁架为之，衾枕以外，别置一柜藏什物。中舍为饭堂洗所，此外有体操内室

30,12,8

操厂官舍马厩等。

工兵开战时，在民间征马调用，平时不畜马，惟每年秋季调马一次，演习驾驭搬运之法。

附猎队

猎队有二种，一骑猎队，一步猎队。步者射击较精，每日试演活靶。制兔鹿各活靶，行走如生。 试演活靶

猎队附属全军，专为斥候搜索之用。

猎队作战与步兵同。

猎队兼任森林种植事宜，选择山地，试种材木。其枝干劲直，行列整齐，地面洁净，为亚洲所未见。去岁日本遣生徒八人赴德专习山林学业，良有以也。

工兵体操器具

工兵体操为野外实施之用，其器具如左： 体操器具

一单木桥，一板篱，

一土沟，（宽二密达）一石城，

一跳架，一土墙，

一上升树架，一平屋攀绳而上，

一浪桥，一泅水法，（夏天在河内设浮动浴室，上置一架，武官兵卒每由架上跃入河内，学习泅水。）

一天桥，一树篱。

拦阻工程之已设成者

一、子母联台式炮台一座，其中暗室、横台、濠沟、堤卡、独立墙、铁栜等件俱全。 子母联台式炮台

一、步兵所不能造之护沟盖沟与暂用卫所。

一、铁线与参差短木连系以作拦阻。

一、树枝插地以作拦阻。

一、旱地雷。去岁总统试雷，内有队长一、下士一，安放地雷一具，环设药线，不料天雨泥泞，队长下士误践其线，俱触雷而死。厥后奏明，赐葬立碑，全营军兵排枪三发，声明奠敬，总统以下扶帽为礼。

演习事故

一、工兵现成材料，仅有铁船梁木为船脚桥之用，其他皆临时采取，然用船脚者为最多，因船脚坚实，马炮两队均可行也。

工兵教练次序

一、工兵进营四月，先习步队，由营官试验可否，挑入工队。

二、选充工兵后，习划船与造桥大概法则二月。

三、精习桥梁工程四月，船脚桥尤重。

现成材料建造桥梁

四、出外就地演习工作，均带现成材料建造桥梁，约试习三礼拜之久，由统领考验一次是否合格。

五、秋季大操，合马步炮辎重同时演习野战之法。

野外演习

演习成法

每年除秋季大演习外，随时分队乘火车往各处村庄树林山地等处演习成法。德国地势，最多平原而少峻岭，无论何处皆有马路，凡村庄市镇皆有铁路，大镇皆有电车路、马路、步行路，故行军用兵之法，与中国有不同处。

秋季大操之后，凡老兵以满二年者出营，新兵进营者居半，约每哨六十人左右。老兵出营时，由哨官挑选十二

30,12,8

名充副下士，候德皇生日后，择其能者升正下士。每哨特选上等下士一名，专掌簿记命令与本哨一切请假经理收发事件，不准离营。

下士充至十二年后，营中恤劳荐充巡捕，可得月薪一百二十至二百马克，或荐充汽车掌亦可。

凡兵卒升阶，至上等下士为止，其有勤劳王事者，赐恤或予以他秩。

将官学业由学生起，升阶由队长起。

武备特别之利益

世家女子以嫁武官为荣，凡欲嫁武官者，须贴八万马克存贮营内，为陪嫁之资。武官兵卒看戏仅出半价，买酒与武备附属之物亦然。 女子以嫁武官为荣

全国以武备为最高等之学业，武官为全国之第一流人物，当兵为国民之义务，人人以得应征选为荣，德国女子俱乐与兵偕行。

上等女人以得嫁军人为贵。

兵卒军衣共有六套，半为常服，半为礼服。

第一套粗用。

第二套常用。

第三套外操用。

第四套礼拜用。

第五套见客用。

第六套战时用。

德国最重军礼，凡官长出外，无论何项兵卒，均须于 最重军礼

前三步注目扶帽为礼，室内则立正注目，不容稍行简慢。下官则对其上官为礼。若礼法不饬，可面斥或告其本营上官重罚。

凡营内设有食堂、烟室、酒室、阅报室、议事室等，类为本营官长而设者。凡上官下官宴饮休息之时，可随意笑语，惟谈及公事，必须先敬礼而后陈说。

别有兵卒之酒店、食室、茶室等，则与下士共之，不得与队长以上之武官同室宴饮，其界限之严如此。（界限森严）

队长以上之武官率不住营，下士及兵卒同起居饮食。

武官有特别之位置，其学问自较常人为优，一切应酬场面异常阔绰，仅恃官俸不足以赡给身家，故谚有富绅方可为武官之说。

步队应用新样测器

一、三角回光镜测准机，一望而知其远近。

一、试验瞄准机，取回光之理，从旁照见准点之准否。

琐闻片片

德国铁路占全世界最长之数。（各种琐闻）

纽约有世界最大之铁桥，最高之楼舍。（高级至廿四层）

华盛顿有世界最新之议院。

巴黎有世界最美之王宫与女装。

德京隆冬天气约在摄氏表冰点下七度。世界天气以旧金山为最温和，常年如秋。

30,12,16

意大利兵家考究钢料新法，以极薄钢片制成护胸，可御五百密达以外之子弹。

德国电灯机器值十五万马克者，可造三万灯头。

德属阿非利加新法，以水力运动机器，与中国水碓相仿。

别有一乡以水力造电气，著有成效。

德法英美之大镇，已造天桥电车路与地道电车路，如纽约、伦敦、巴黎、柏林、库恩等处是也。 高架桥 地铁

军行荷物

步兵每人背带布篷盖一只，预备连接扎篷为营，馀与日本同。

步兵每哨以二十人带大小锹二十把。

军队须有附厂，制洋铁瓶与装制罐肉之法。 军用罐头

一官长准带方箱一只，大小确有定度，装入行李车。

（十六）自喀瑟耳往夫吕登堡，与张雨葵同行。

下午一时，由夫吕登堡往意色隆，趋访前陆师学堂教习骆博凯君。骆君家住近市之廛，林园屋舍别饶风致。适骆君在肆未回，其仆引余至市肆，渠已闻其姊电话，知有远客，拱候于门，相见握手，约同往客栈宴饮。骆乃演说一生节略与时事。略云余为德国哨官，颇以工程著名。七年前奉政府命，受两江张制军之聘，初拟修理长江一带炮台，因薪价过昂，改为陆师教习，又因言语不通，必先教授翻译领悟了澈，煞费苦心。特教习教法颟顸，苦劝改良，几于反目，卒不听。然三年共事之难，未尝露丝毫形 骆博凯之自述生平

迹于总办学生之前，惟私心盼学生之进步，政府之维新，未尝或释。诸生毕业之日，两次上书制军，请派学生到德国留学。面请则许，函商则不复，始知游学之事不果。旋又条陈道路森林修理事宜，亦未准行。於以叹中国督抚之不可与有为也，去意遂决。然临别黯然，实不能忘怀于诸生。今幸见诸生游学德国之举，两次近二十馀人，汝又以孑身壮志环游全球，欣慰奚似。

中国督抚不与有为

日俄之战，佥曰俄必胜日，不料日人之踊跃急进忠诚爱国有如此者，有心人谓黄种之兴，将未有艾，日人其可执东亚之牛耳耶！高丽固掌中物，觊觎支那亦意中事耳。支那人脑筋颇钝，甲午以来，屡次大创，外人之激刺不可谓不深，况北邻强俄设心啖肉久矣。西比利亚铁路贯俄国三分之二，得旅顺大连湾诸口以经营远东，大功垂成，失鹿于日人之手，势不甘心，行将割据支那之北方以偿其欲，是实可危之时机也。吾愿诸生知之戒之，身在外国，心爱祖国，不可一日一时忘情于父母之邦也。

中国之危

（十七）晨造骆家早餐。渠述其家世，示以连枝宗树之图。图上绘明世系嫡派，注定年代名字，迄今二十二代矣。家中仅有姊同居。姊不嫁，渠亦不娶。余叩其所以不娶之故，则云年过不惑，不忍使有少妇幼儿送归泉下云云。亦足见其旷达之胸襟超然象外矣。余与张君偕其姊早餐毕，引余至别室，室内专陈中国物品，如绣帐联对（黄翻译所赠者）屏幅等物，及余所绘之陆师学堂全图，供设案上，以作记念。

30,12,18

（十八）上午十一时，骆君与其兄送余等到客栈，房饭费均渠为代给，以尽地主之谊。

十一时二十分，由意色隆往砅司推，附近有一世界著名之山洞，冰冻悉成晶石，永久不化。

车上与张雨葵谈及营规，谓德国营中绝无冲突反抗情事，其故因天子以至庶人皆习武备，武官之学问等级、上下轻重，悉有一定权衡，军律即国律，有服从于不觉者矣。

官长如有错误，须直认不讳，由上官申明改正，敬谨受命。兵卒如有错误，须直告下士，候禀明队长，罚操或受骂。

昔大将毛奇当队长时，微服往法，装扮乞丐，测探地形，深悉攻取之法，获胜之原，即在于此。

下午由砅司推往爱声。

（十九）往克虏伯炮厂附属之客栈。栈中人引余见总办，乃派哨官一队长一为引导官，并给观厂票一楮，引观各处如左。 往克虏伯参观炮厂

一、铁厂，熔炉八具，炼铁法与湖北同。

一、铸炮厂，以六百吨之铁锤敲压，以链钩转动钢条，恃机锤上下打炼成钢。

一、战舰铁板厂，以铁块置五千格罗重之滚机下滚压成片，再以钩索钩运他机剪裁尺寸，以合舰面之用，厚度自三生的至五生的不等。各种厚度不同之片，均在打靶场试以各种应御之子弹，视穿透力之大小，务使抵御弹力不

至穿过为度。

一、制炮厂，专造铁塔炮架与船上应有大小各炮，自五生的至四十生的不等。

一、制炮闩机件厂，专造炮上转动之件，如左右前后之机轴车轮等是也。

战舰制造

一、制炮管中空厂，以铜杆四周安利刃四把，渐次转钻进退刮削，四围空处以松木填之，使丝毫不杂中心线，俟每次钢刀之利刃退出，钢屑亦随之而出，惟进退之时须润以油，不使干涩。

一、船厂，转运重物之法，悉于屋梁平高处设置铁桥轨道，或行滑车，或上设活轮而下悬重物以推送之，盖非人力所能为者，悉以机力代之也。

以上战舰制造厂。

一、铁轨厂，以方铁块置铁轴下，滚压九次成轨后，运往他厂钻孔以合螺钉。

汽车制造

一、汽车汽机厂，专造汽机以供铁路之用。

一、汽车车轮厂，每轮有内外圈，凡内圈连档制成后，将外圈烧红，乘其涨力放大时，联合内圈，俟铁冷则紧合无缝矣。

以上汽车制造厂。

一、煤炭制造厂，与武昌略同，惟转运之法较为便捷。

一、行营炮厂与子弹厂，制造法则与湖北略同，而规模最广，著名新式枪炮几销售于五洲。德国陆军之命脉亦

30,12,19

克虏伯创业简史

于此系焉。克虏伯首创于一千八百十一年，以小房一所小汽机一具为始。初集股鲜有应者，而克虏伯之志甚坚，维持不怠。因铁政稍获微利，乃试以炼钢，至一千八百五十六年始成。以后渐集股推广，迄今九十公馀载，招工至七万馀人，铸炮工匠二万五千人。由厂内大兴工木，建造房舍园、礼拜堂、病院、大店等项，周围数十英里名为克虏伯属地，广大与中等城池相等。一切工人率有家属名为克虏伯属民，每人每年仅纳房租九十马克，以示特别体恤之意。工人薪水每日自一马克至九马克不等。

多逗养气

一、病院，床位清洁，四面绿树，多逗养气，院后有廊，为病人散步，侧有休息所，置棋子纸牌闲书新闻，为病人散遣之用。

官医每日临诊，药料食物由厂发给。

一、坟墓，克虏伯坟居中立碑，四围皆工人葬地。闻每岁克虏伯忌辰，德皇特派亲王扫墓致祭，以示克虏伯炮厂与国并重之意。

日学技术不遗馀力

日本政府特派分统一营官一驻厂考察铁路及造炮事宜，已逾 载，所购之物亦属不资。闻德国最新之制造为日本所未有者，拟逐件购取，或购模式回国仿造。该厂特请武官陪谈，优礼有加。连日得远东捷报，尤为荣幸。席间宴饮，谈及旅顺近情，余等华人惭愧无地矣。

余与张雨葵到厂观察三日，该厂派武官引导，供给车马宴饮，需费不资，夜间复邀至各戏馆与音乐院等处听剧，盖欲招致华人之交易也。然华人在该厂购取之物已不为少矣。

克虏伯博物院

院内陈设全厂雏形标本与真形机件：

一、铁路汽车行动机器。

一、各种大小战舰雏形。

一、铁甲炮架与大炮活动机器雏形。

一、炉锤机器雏形。

一、历年各种弹药真形。

一、各种新式炮闩。

一、行营炮附属鞍辔各件。

克虏伯行营炮房

中管，自六生的至七生的半。

短管。

长管。

马炮队。

步炮队。

山炮队。

野炮队。

一千九百零二年所造最新之炮，炮身下用蜜筒，旁用照准远镜（可省炮星），横直均有水平尺，其馀炮闩炮架仍与前同。

山炮七十五米里口径者亦用蜜筒。

（十九）晚偕某武官诣音乐院，音乐博士路君唱歌，

30,12,20

座中听者二百馀人，皆显宦世家学徒等，房舍衣服极其洁丽，是上流之社会也。

（二十）由爱声回喀瑟尔，一宿晤诸友畅谈。

（二十一）偕张君回柏林，仍寓比士马栈。

（二十二）德皇生日，邀请观戏，来会者千馀人。戏毕，德皇乘车游街一次，街上市民欢呼如雷。

武备学校

（二十三）往观武备学校，值日教员引观，讲室、图书、器具、体操场，诸无大异，而秩序之整齐，房舍之洁丽，器具之精致，则远过于他国。

欲往德者早习德文

德国官制民俗皆自兵出，其学制亦最为完备。其教育精神则以忠节武勇为尚，最与我国今日相宜。且其专门程度较东西各国更高，故日本、美、英、法、比诸国大学及高等预科皆有德文一科，为他日研究德学及游学德国计。近来我国习英文者居多，法文次之，游学者不得不就其所便。今以军人留学德国者人数渐众，尚望诸青年早习德文，为专科之预备，他日德国留学者人才蔚起，我国学界中造诣最深者，殆必由是邦来欤！

遗失日记

往观军器电信各项博物院，所陈率系旧式枪炮弹药与各国邮票及寄信之法。德国最速邮件，法以铁篮附电线飞递欲寄之处，或以铁管埋地下，以子弹式之圆筒装置要件，以电气送之，用达最短最要之路。（二十四日后游俄奥两国，在汽车遗失记事珠一册，兹从缺）

（二十九）自柏林往库恩一宿。

库恩为俄、荷、比、法、瑞、意、奥之交通总机关，是德国最盛之商业场也。

光绪三十一年正月再至比京

（三十一年正月初一）自库恩复往比京。

（初二）诣公使馆贺年，与徐君谈及比国教育事，言比国教育总权由教育会长直辖，凡有教育资格者，须先报会长记名，核定学术，能任何种教科，酌给文凭，以备公私学校之聘，故欧美各国著名之学校教员，惟会长之权能操纵而左右之。

比国建邦至今七十五年，设上下议院，通行立宪政体，其体制参于英美之间。

比国初属荷兰，嗣因民变，荷人大败，德法讲和，准其自立。

比人曾与俄人合股设立制造机器厂于俄京，设成三年，俄人勒买比人股本，逐之境外，比人大恨，然畏其强暴，无可如何，今闻日本战胜，乃不胜欣喜。

比京学生俄馆示威

日酋获胜比报喧腾

前月俄京民党骚动，比京小学生徒群拥至俄使馆门首，掷砖鼓噪，馆人电告警察，经弹压而止。

日本攻克旅顺之乃木大将，曾由比京武备大学校卒业，娶亲归国，今竟获胜，某教习以为大荣，比报亦喧腾数日，引为比国教育之光宠云。

日酋获胜比报喧腾

比王每岁设宴于宫中，行跳舞大会二次，与群臣同乐。今年定二月初一日与初八两日，邀请各国公使与文武王公夫人到会，王出与各国公使寒暄毕，乃与王大臣温语集宴，设长席立饮，各国公使可与公爵夫人妃嫔等携手跳

清朝官员异服异言踽踽独立

舞，兴会淋漓，惟华官冠带翎顶，异服异言，踽踽独立，

31,1,6

不获共乐，诚恨事也。

（初六）偕顾席箴往北极冰厂。厂系方形，四面设坐位，梁柱皆铁，地下通暖气管，每柱旁环种松柏，楚楚有致。冰上平铺白雪，按格致新法，经久不化。青年男女扶肩携手，旋舞如飞，群相角逐，兴趣盎然。

（初七）偕刘佐清译官赴音乐会之约。商会总理留迈生之女小名路易者鼓风琴，某君操胡琴以和之，声调双绝。会友在座者八十馀人。每曲终，鼓掌如雷。三阕既毕，琴女与其父邀余二人造其家小饮，至则座客已满，妹鼓琴，姊唱歌，其父亦相与戏谑，乐尔忘形，众皆痛饮，更阑始散。

（初八）晚偕沈研裔参赞、刘佐清译官赴跳舞会学习跳舞。比国武官公子闺秀等聚习跳舞者共十馀人，女教士二人，授余以六步三步转跳之法。少顷奏乐，男女相携并跳。次则以男女八人错综行礼，进退循环，或相对交走，或纵横互转，或替换携行，约一时之久，需学费法金三佛郎。 学习跳舞

（初九）马队营统领特派都司备双马车来接余至营，乃偕沈研裔、刘佐清二公同往参观，与其属文武官相见。内有已游中国美国者，能操英语，乃与余以英语相问答。

营内参观各节

一、轻乘，以皮带系马使走转圜，各兵环立圈外，俟

马小跑时跃坐马背或越过马背，与马戏同法，是亦练人与马之法也。

一、瑞典柔软体操式，与德国略同。

一、手持藤鞭夭翘活动筋脉式，为中国所无。

一、攀城升屋式，首兵跃登屋檐，以绳援次兵上屋，次兵亦悬绳如首兵式，陆续添绳，霎时间已尽登屋脊，复依次攀绳而下。

马厂 一、马厂，长方形，内容马四十匹，初走马线，次则分队对面，循中线靠拢，复半面向左右离开，次成一大排，向前对余等行礼。某队长扶帽为礼时被马兵冲突落帽，当即命退回。复置树篱，高一密达，宽六十生的，首马未敢跳越，馀马则依次跃过。

马厩 一、马厩，与德国略同，下填稻草，编成厚草毡，逐日加填，每礼拜抽换一两层，马粪由下阴沟铁管通出。壁后皆有石槽，槽上设铁架，时置青草，使马仰食。隔壁以木杆联铁链为之。

一、马干，用野粟或青草干为多，麦豆次之。

马尾不宜剪掉 一、马产于英伦岛，悉以重价购取，剪尾仅留四寸许，以示轻捷之意，其实马恃此以为驱逐蝇蚊之用，剪之有碍其卫生也。

马医 一、马医，房内置医马药草、药水、药粉与刀针等物，以备不时之需。

一、马病厩，每日换草，并通入最净空气以滋病马之生。

31,1,9

一、兵士寝室，每室八人，铁架床各一，昼则席卷，夜则铺设，士官则别住一房。

一、哨官，所属上等下士一人，司笔札传命令，每住首房以资办公。

一、厨房，置煤气火炉一，由煤气总机传达。旁置铁箱一，内置肉米食物，木柜二，内藏豆米面盐糖果粉条等，预备七日之粮。其肉食易腌之物，则以冰厨藏之房内。所有金石木器，擦洗精洁，地上有麦粉颜料绘成中比两国之旗，并书天下一家四字，以示辑睦之意。盖其统领曾驻华有年故也。 厨房

一、武官食堂，悬国王及本营新旧统领营官照像。 饮食

一、兵卒饮酒吃烟均在谈话所，烟酒均由营内地窖发卖，仅取半价。

一、武官饮酒阅报所，悬功臣遗像行军图形与沿革之旧式军器国旗等。

阅毕，引余至武官会议所，其铺陈绣龙围屏椅垫，皆统领在华所购之记念物也。时统领亲递杯酒，询所观是否有益。余答新兵仅三月，操法几臻纯熟，足见上官下士之勤劳，余当取其所长，以增进吾国营队之效益，将来中国强盛，或可保东方和平之局，则受赐多多矣。言毕辞出。 所见所得

（初十）偕沈公与波乃往观锯木厂内各物：

一、铁锯圆转以木置桌面推锯者。

一、以木置车轮循铁轨而推锯者。

一、磅机。

一、抽木棱机。

一、锯极薄木片机。

以上各机，均不及美国锯木场之机灵而效速。

木价高昂

据波乃言，中国若有大木运至比国，可获大利，因比国工程需用木料甚巨，近来由南美与墨西哥购运，其价甚昂。

现有鱼雷艇四艘，水师战舰二艘，若代他国购买，可获金约十万佛郎。

参观军装制造厂

（十二）偕刘佐清往琫送军装制造厂，厂主派司员引观各机：

一、制钮扣两片扣合机。

一、制连环皮扣机。

一、制宝星模印机。

一、制刀环机。

一、制军刀机。

一、制皮机，先以药水浸韧，以薄刀削匀，加油置于七十度之热炉蒸干。

一、制皮盒皮带机，先以机刀逐段剪裁，次压成方式，再以机针缝纫。

一、制皮帽军盔机。

一、镀金法。

一、织金辫机。

一、制军服机。

31,1,16

一、制军服线辫彩章机。

一、制水瓶机。

一、制安梯母尼饭盒机。

闻此厂可派人入学，惟恐工头不能热心教授耳。

（十六）偕恩某往电线厂，视察电灯铁线缠裹之机器。灯头多者用粗线，少者用细线，每线外用橡皮裹紧，橡皮外再用纱或丝织而扎之，丝与纱功效同。 电缆制造

汽机百匹马力，每日能织线二千启罗密达，每捆长二百密达，出口运往英伦、瑞士等处。闻华商每由英人经手，由英伦购取，其价当较比国为尤昂矣。

（十九）往视锯木汽机，工程师初次试验，仅以冷水贯入汽管，毫无渗漏，汽师称此机甚善。 锯木汽机

（二十）复往视汽机，为第二次试验，其机已经装合，烧柴至五分钟时，见火门上右角之气管出气，旋即关紧，视热气涨至十五度，将前面下三管转开，推轮转动，复闭其管，使不漏气，虽火门上压，管关合未严，然烧火至十馀度，已能转动，并无响声。汽师极称此机之善，准给包用票据。

汽机要知

一、气表涨至二十度能转空轮，涨至三十至三十五度能转锯机，若热过七十度即立炸矣。（每时须特派一人仔细看表） 汽机要知

二、水桶安放抽水机，不可一刻缺水。

三、放水不可过玻璃管一半，如水太满，应开左后一管放水出外，或揭开前面右旁管盖使空气下压，水即不能上抽。

四、热气涨至二十五度初转机轮之时，将前面三管开放数分钟即行关紧。

（注意）凡轮初动，须先将机后左角小轮后转，俾通气转动。

军人、工人暑用药粉

薄荷、杏仁等药粉，每瓶四十五桑的母（共合一角九分），每一小茶匙用水一里打，一小合用水一百磅，欧洲兵家行军、工场作业时皆用之。

复往巴黎　（二十一）由柏鲁塞尔往巴黎。

（二十二）诣使馆谒孙慕韩公使，具道未获共事之歉。

会馆演讲　（二十三）往中华会馆，诸君子邀余演说环游事略并学生救国要义，闻者颇为动容，说词另录。

贵君说满汉之界宜除。

水君说演说之益与商务功课。

张君说商店之创始与经商之热心。

往意大利　（二十四）由巴黎往意大利。

（二十五）车到法界麻乃特，由意国关吏检验行李，查问烟酒，贴票放行。

31,1,26

下午由麻乃特往叨令换车。

意国商店前面每有宽大走廊，内外陈设物件一目了然，亦招徕之善法也。

（二十六）由叨令往哲奴阿，拟乘德国轮船返国。

（二十七）遨游哲埠两岸，见屋舍整齐，市镇热闹，惟近镇屋墙遍挂衣服，颇觉不洁，夫役亦索值甚昂，不遵公道，车驿码头均有戴拿波仑军帽之巡警成对梭巡，以防不轨，船上亦然。 意国夫役不遵公道

由哲埠展轮时，码头人满，巾影风飏，出口时意舰升旗列队，布满船唇，放炮二十二响，以鸣致送德亲王之意，船兵三呼祝福，亲王及诸武官在船上扶帽答礼，礼毕，亲王乘小船入意舰，与船主相会，两船上俱奏军乐。

（二十八）上午舟到乃波尔口岸，岸旁伸筑一坝，长约八十丈，以阻风浪，为屯扎军舰之坞。坝上横设炮孔，具有石炮台情状。坝内置兵舰四艘，悬旗列队，以致欢迎德亲王之意。 屯扎军舰之坞

岸上人烟稠密，屋舍五六层者一带皆是。中有一山，山顶环筑楼台，形势雄壮，仿佛与旧金山相似，附近有一火山名阿拍尔。

（二十九）午后一时自拿波儿开船，意舰亦放炮奏乐致送。

（初三）午后一时到波色口，晚七时开船。

（初四）早十时到苏彝士，十二时开船。船上华人洗衣者七八人，细崽五六人，蓬首赤足，龌龊可丑。日本人 洗衣华人

乘上舱者二人，女子一人，乘下舱者医生一人。

（初八）早三时到阿典。沿岸连山多石，傍麓结庐者数十家，屋舍类华式，仅有广厦二所，为船厂公所之属，非商业繁盛之口岸也。

（初九）八时开船。一路安稳与扬子江同。每当聚首畅谈时，令人悟海内兄弟之乐。

船中舞会

（十二）舟中友人集醵为跳舞大会，席间酒肴罗列，间以异样花卉。好事者或黑漆涂面，红衣白帽，为黑人妆束，或油绘花面，或戴纸帽，或穿花绣长裙，他若草花珠翠环绕满头者，不一而足。宴毕，演罗马教主赛会，装扮蛇鬼牛神与各国人类，以华人之业洗衣者擎灯前导，馀对列成行，间以彩衣鼓乐队。船上设五色电灯，照耀如晶阙。男女自由结合跳舞，夜阑甫散。

哥伦埠（科伦坡）

（十三）六时到哥伦埠。黑人聚集装运，乞儿辈悉浮三木之筏，游唱船侧，客有投钱入水者，彼等即跳入深处捉摸出水。

早餐后偕德、法、日国五人上岸，沿坡绿树，曲水回环，喜见亚洲春色。有西式电车、汽车、病院、警务等，英人为之。有古俗牛车、篷盖窄艇附木制茶拉车等，黑人为之。此间终年炎热，冬季三月多阴雨，男子围裙，小儿则裸体赤足者多，泅水是其能事。晚七时展轮。

（十七）下午一时半到冰琅。舟中遇福建货栈董事黄阳明，同登彼岸，并坐人力车造其家。额曰江夏。坐谈片刻。渠称生于此邦，未尝一至祖国，在此货栈月得一百二

31,2,17

十金，诸事甚忙，兼有妻孥羁绊，不暇他往云云。

八时引余至音乐会所小酌，遇耿秋德、谢鹏骥二君，皆有公司，业商致富，积蓄百万。闻冰琅一屿属英，英印二国民约一万五千，华民六万，以福建富商居多，广东、宁波次之。华民之管辖权由驻英钦使特派领事常驻办理。

华民六万福建富商居多

华侨房舍花园皆西式，较欧美之建造有过之无不及。世家子弟大半入英国学堂肄业，未习本国文，然与谈国事，颇易动其故国之思，谓中国为吾父母之邦，若能改革自强，吾等皆负笈而回，捐输出力，以复前仇维国脉。吾国政府其幡然为吾民造福乎？予日望之矣。

故国之思

此屿常年温暖，每年三个月大热，三个月绵雨，树木常青，开花结果一二次不等，街道新设电灯电车，富绅某捐银三万五千造一钟塔为记念物。

离城六英里创一大庙，其间境地雅洁，斋舍华丽，绝无仅有。

华侨租住外国者以冰琅为最富，家资百万者数十家，子弟亦颇有西人风度，读书经商，酣歌跳舞，置理乱于不闻，亦可谓海外神仙矣。

（十八）晨七时到新嘉埠。

新嘉埠（新加坡）

晚六时开轮。

此埠天气常年炎热。

华侨九万人，来自闽粤，而以粤人为多，业商者十之四，业工与下等苦工如人力车（内容二人）挑贩等居十之六。

妓馆六十馀间。华人居三之二，日本人居三之一，英人仅居少数，而操行政之权，握奇赢之卷，以印人为兵而自将之，以为防御计，而以华人任一切卑苦工作。惜此间华人均无知识，仅为衣食计耳，使华人而有国家思想也，何至以同族聚处之区而任他人之束缚驱使耶！

华人居多仅为生计

此埠入口甚窄且深，两岸皆可系舟，沿岸一带皆码头货栈，而以英国之转运场为最广。

到香港

（二十三）晨七时到香港，与美国嘎兰君上岸闲步。五时开轮。

趸船傍港之对岸联造小铁路运至客栈，以小轮渡往香港。彼处屋舍形式与欧洲略同，大街已设电车，商店银行规模极其闳敞。

香港大客栈每日房饭十二元，小者三元，铺陈饮食皆西式者。

华人生涯其上者，在银行公司谋一席写字之任，下者扛轿拉车挑贩乞丐，与中国内地同。

英人佣兵皆印度人，兵营八所，接近码头。

上等巡警英人自任之，下者皆华人印人。

至上海

（二十七）晨大雾，舟到吴淞口，傍午德公司小轮来接，二时到沪。

环游日记附

拟陈湘省工业次第兴办事宜稿

一曰制造军服厂。定制兵装须一律，若由各人私制，各营自造，则与无定制等。欧美各国，官章兵服，必有官厂制造，定价专利，不准私售，以肃兵政。当此练兵处厘定之时，拟请招股自建一厂，购小机三十具，若帽若衣若靴鞋若皮囊带匣若佩件若服章等，约须三十件，需银六千两左右。汽机一具，需银三千五百两左右。暂雇西匠二名，需银千两左右。开办一年以后，不特本省军服秩序整然，而他省定购之军装、学生定制之衣服日益加多，其获利乌可限量耶！ 制造军服

一曰陈赛土物厂。各国市面，每以赛会而骤增兴盛。伦敦及巴黎两大会以来，美国东方接踵而起，其文化工业 陈赛土物

之澎涨正如潮涌。吾国各省已设农工商局与学校，非有实物实验，仍不足以拓实业。虽万国大会不能骤行，而如日本之劝工场及国内博览会等，苟得官绅为之提倡，招集股东，首于省会中处分段陈设，如制造一段之毛毯棉布成衣丝绣靴帽等，器具一段之竹器木器磁器陶器银器锡器漆器石器玉器玻璃古玩等，教科一段之印字书籍新闻图画笔墨橡胶尺板仪表视镜模具写真制图等，食货一段之茶米豆麦瓜果鱼虾等，分类分设，每置高架帐房一所，每售一物给一票，使向帐房付价，店主只定价，点交帐房，不欺童叟，如此试办一年，有不握全省商务之枢纽而操奇赢之券者耶？不宁惟是，寻常小学与实业生徒入内纵观，足当教科之实验室。且年设会市四次，使本省之工商家来赛，加以旌赏，或锡以牌号，俟稍有成效，请开国内博览会，聚各省之精华，比较优劣，明定保护赏劝之章，使工商未能者专心肄习，已能者精益求精，工业之兴，指日可待矣。

修建道路

一曰修建道路。欧美两洲，几于无地无铁轨车路。路宽约自二丈至十丈，其最宽者置分路十二行，分供车马步行之用。总以维持洁净讲究卫生为第一要着。其通行之车，曰有轨电车，曰无轨电车，曰层级马车，曰铁道马车，曰足踏货车，曰犬拉手车，曰窄轨汽车，曰单轨马车，种种不一。湘省街道湫隘，欲改如许宽大之路，殊非易事，拟请于西北门城外一带绘图定基，广修车路，开创新地，握建造权，收屋路税。若再迟缓，恐入外人之掌握，不可收拾。城内诸街，最难修改，惟有择其稍大者，仿美国之窄轨汽车或比国之单轨马车车式，两旁设椅位，中隔矮壁，以便坐人，另设他车运送货物垃圾。道路既不易陷，运行亦属相宜。且闻单轨马车每乘取价仅四五百金，载重可三万馀斤，以两车相合，仍可通用于双轨，若能提倡合资建设车路公司，向鄂省购运铁轨，工费既省，而转输之枢纽，交通百货，万商辐辏都市，可立待也。

一曰整饬关权。西人以海关为商务之权舆，理财之要政，亦即万国商人耳目之所寄也。关吏本不宜用外人，以损国体。所属轮船汽车，须有一定公司，一定服制，一定旗号，一定价目，一定时刻，一定名目，除一切影射偷漏欺骗赝冒洋旗之弊，而又加一得力之司员，精细之警察，则纲举目张，造成一完美之口岸。一面明定章程，接待外人入境出境之事，派译员通达者常川驻察，俾不轨者无敢串引作弊，办公者验明执照后照料入口，待以相当之礼节，则疑难交涉之端与迎送失体之事，庶可免矣。 海关官吏不宜用外人

一曰广兴工厂。农工商局调查地方土产矿产之或多或少，或善或否，宜销售于何地，转运之通塞，运费之廉贵，事业之久暂，创办之难易，因地制宜，从容试办，而以兴工艺为致富强之原因，可断言也。谨就所知所闻者条列于左： 广兴工厂

一、沅江两岸俱产金砂，东岸诸山尤旺。山脚入水之处多砂石，尤含汞石斯巴尔砂养等类。该处之赖金生养者有二种：业淘金砂为生者曰淘金匠，采金矿为生者曰采金匠。采者盖三四千人，倘能设法用美国最新机器以采金， 机器采金

用钠汞以提炼，工速费省，获利未可限量。

产木最盛 兴利大宗

一、辰沅西路一带，产木最盛，大木运销他省者甚多。中比公司称比国向由美国购木为工程材料，索价颇昂，吾国若能仿西法修整山林，购用锯木机器，或锯成梁木，或锯解板片，运销他处，工省费廉，实为湘省兴利之一大宗。闻非利宾属美以来，美国人运机器以锯木，悉获巨富，其明证也。

机器采汞

一、沅江西岸由乾州一带至贵州铜仁府，山脉接连数百里，所产汞硫，前任土工开采，官征其税。最大之厂名矾山厂，产汞最旺，每年可采二十万斤。惟土法采取，未能深透，倘购用挖土采汞机以采之，则所得奚啻倍蓰耶！

机榨桐油

一、湘省产木桐树居多，辰沅几无家不种桐。土法榨其胶汁，熬炼成油，名曰秀油，运往汉镇苏杭等处，可出油数十兆担。然此皆人力或驴牛推碾，费大而功少，每日一厂仅能榨油二十馀担。若购取简易机器，需本不过四五千金，而时工费三者俱省，出货当数倍于前矣。

机制红茶

一、安化沙平及毗连之鹤峰、长乐等处，遍山皆茶。惟茶商出口每易折蚀，因土法制茶，用人力揉搓，既难匀净，炭熏柴炙，火气透入，色香俱变。惟华茶性质，自较他处为美，美法德比各国咸称之。近来俄茶销于欧洲，日本、印度、锡兰茶遍销欧美，盖蒸气制茶，香色纯洁，且为价较廉，销场自广。然绅富尚有喜华茶而不嫌贵者，倘能试购机器，精制红茶，则茶利当擅于五洲，非他国所能夺也。

一、辰沅两府产蔗肥大，土法榨汁以制糖屑，不知滤浆以结冰糖，故其色亦欠白净，惟味较洋糖为厚，故每年销路计有百馀千担之谱。若能购运简易机器，就近设厂，制炼冰糖白砂等类，亦一绝大利源也。 机器制糖

一、傍湘近省一带，除设砧米与制纸机器外，似宜设次等棉纱厂一座。

一、实业宜趋重电学也。骤入欧美，几疑为电气世界。据欧美人言，电学绝无止境，将来通用于海陆舟车，电之为用方广。去岁圣路易会场设立万国电气会，聘各国博士会议，日人演说东方电气方盛行于三岛，支那人匪特不明电学，即有现成电气，亦昧于用法，劣败之状，耳不忍闻。盖外人视电气为地方社会一身一家不可或缺之物，吾国学者穷年之力，即足以仿效制造，若先之以格致图算，则新义之阐发尤无穷期矣。 宜重电学 欧美几为电气世界

一、宜设制皮与毯厂也。湘省皮毛骨角为出口材料之一宗，工艺局旧有之洋毛毯颇易销于美洲，若能购制皮与毯之机，参以人工，需费不过万馀金。制法办法既已知其端绪，倘再聘在欧美之工艺留学生一人，定以期限，专其责成，购机回华，开设公司。有裨于军需民用，良非浅鲜。 设毛毯厂

陈琪环游日记

人名索引

陈琪环游日记

译名简释

五画

仙零

Shilling 先令

尼不拉加省

内布拉斯加州

六画

因提阿拿

Indiana 印第安纳

七画

克利弗兰

Cleveland　克利夫兰

利佛普尔

Liverpool 利物浦

八画

拍鲁塞尔

Brussels　布鲁塞尔

和马哈

Omaha　奥马哈

驼浮

Dover　多佛尔

十画

哥伦埠

科伦坡

十二画

散鲁伊

St. Louis　圣路易斯

十三画

锡加哥

Chicago　芝加哥

意色隆

伊塞隆（鲁尔工业区附近德国小城）

新嘉埠

新加坡

金鼎随同考察政治笔记□

光绪三十一年（1905）

　　十一月二十三日　从上海启程

　　十一月二十九日　抵日本横滨

　　十二月十八日　抵美国旧金山

　　十一月二十九日　至华盛顿

光绪三十二年（1906）

　　二月初二日　抵英国伦敦

　　二月初六日　抵法国巴黎

　　二月十二日　抵德国柏林

　　三月二十九日　抵俄圣彼得堡

　　四月初八日　抵奥京维也纳

　　四月二十六日　抵意京罗马

　　闰四月初六日　抵苏彝士运河

　　闰四月十一日　泊亚丁

　　五月初三日　返抵上海

□据国家图书馆馆藏抄本

□杨向群校点

31,11,23

金鼎随同考察政治笔记

谨将随同钦宪游历美德俄义奥五国考察政治笔记缮呈宪鉴

光绪三十一年十一月二十三日　上午九点钟，在沪乘小火轮船，十一点钟抵吴淞，登西伯利亚轮船。下午两点钟开行放洋。西伯利亚船载重一万二千吨，每一点钟行十五英里。头等舱位每位由上海至旧金山，船价三十四镑。　上海登船

二十五日　黎明抵长崎，五点钟开行。

二十六日　夜九点钟抵神户。

二十七日　午刻登岸。中华会馆开欢迎会。席散，随同阅同文学校。

二十八日　寅刻开行。

二十九日　辰刻抵横滨。杨钦使枢、马参赞廷亮均晤。发宫保、督宪电禀。　抵横滨

十二月初一日　随同在中华会馆晏会，华商欢迎。又阅大同学校。

初二日　辰刻上岸，游劝工厂。午后三点钟开行。由上海东渡，每日时表短四十分钟之谱，每日行三百五十馀英里。

初七日　西人元旦。

闰初七日　入纬线三十度。向东行因每日短三刻钟。闰一日方与中国日期相合。

鸟粪岛

初十日　横滨至檀香山三千四百英里。午刻见鸟粪岛，无人迹。横滨至此九日不见岸。夜见一大岛。

抵檀香山

十一日　辰刻抵檀香山岛，华商华工两万人大欢迎。发宫保、督宪电禀。檀岛华工商共二万人，以米糖商生意为最大。

十二日　辰刻开行。

十八日　巳刻进金门，有验病官上船验病。午刻抵

至旧金山

埠。美总统命武员二人，各大臣亦派代表人来金山迎迓。钦宪驻金山。未刻登岸，进客寓。大客栈名生福南细思，译音。每客每日美金两元，伙食约三元。出门马车各费在外。查金山人口约四十万，华人约三万人。

十九日　发宫保、宪电禀。

各式镜子

阅百兽院。怪兽如虎豹狮象之类甚多。又阅有镜子数种，或照上身长下身短，或上身短下身长，或倒影或扁影，极光学之能。

二十日　随同阅士丹佛大学堂。距金山约六十馀英里，火车

士丹佛（斯坦福）

一点二十分可到。士丹佛为金山富户，相传其子死，父梦其子请出资财建兴学校，于是士丹佛出私财三千万美金建此学堂。迄今已开十八年，各处工程尚未全竣，规模之备罕

31,12,21

与伦比。士丹佛夫妇及其子均葬于学堂之侧。此堂地基甚广，各学生或男或女，均系二十人或二十五人共建一舍。自习所、住宿每舍建造费约万金。

二十一日　下午四点钟赴火车栈，上渡船，渡过海湾上火车，轮渡甚大，较长江轮船略小。行未及一点钟，火车驶登剥船，用轮船拖带过海湾，十五分钟，火车复登岸，将来武汉渡江大可仿办。此次系专车。钦宪参随人等共五十四人至华圣顿，言定美金八千元，每人约合一百五十元。寻常头等车位，每人不过八十元。夜间八点钟过加乎宽尼省，华人约三千人欢迎。

二十二日　过盐水湖桥。桥长十二英里，工料费美金七百万元。

二十四日　黎明至林肯，停车一日，考察大学堂，化学精良。又见各种土人存古院，皆土故物，土人现今皆为黑奴。令人生敬。

二十五日　黎明到芝加高，住阿迪妥冷案訾大客栈，十二层楼。电机毕业生陈永海陪往阅邮政局，局规宏敞，办事各分各所，国家专利。 芝加高（芝加哥）

又游阅书楼。国人皆可阅书听讲。各国书籍皆备。阅书者喜阅何种，开条请检，给阅，或携回阅，皆听其便。闻章程极善。书楼皆极好玉石砌成，洁无纤尘，工程费数百万金。

又阅大商铺店一所，九层楼，日用所需各物皆备。每日售门市二十馀万美金。有男女伙工七八百人。女工管理书札、信帐、发票、封信发信。封信口皆以机器为之，每日发信数千函。最奇者，该店若大生意，并无资本，各货皆在制货 货皆寄售厂取来转售。厂中发货给该店，其价甚廉，该店因而有利可占。

电灯会
灯式奇巧

夜间阅电灯会，灯式奇巧，机器尤灵。

是日购农矿路银行各书四种。

查芝加高人口一百七十馀万。

二十六日　九点钟随同阅屠兽场，屠兽场每日屠牛羊豕三畜，牛羊约一千头，豕约一千头。每年售银二百兆，工人约八千馀人。一豕之产出物品约百三十馀种，一牛之产出物品约百四十种。一点钟可屠三百五十馀牛。每缚牛以至装罐，皆在一点钟内可以妥毕。

又阅制麻场。大致与纱局纺纱之情形相同。自齐麻以至成绳，皆以机器为之，成本约三百馀万美金。

农机厂

播种机

又阅农学机器厂。该厂机关农具甚多，以犁机言，略类马车，镶二犁于其后，以二马曳之，上坐一人驾驭。此马与机，一机所作抵一牛一人以从事者直什佰计。以播种机言，亦以二马曳行，一人司机。所播广丈馀，数百亩之田，数人为之，竟日可毕。此外有浇灌机器、刈草机器、割稻机器，又有割麦、束麦、打麦等机器。美国此项机器，农家大受其益。每具机器须千金，中国农家多贫，似难有力购此机器，有农务学堂处，不可不讲求焉。

二十七日　晚间八点钟开火车。

二十八日　过必珠卜停车，阅大钢厂。铁矿近，煤矿稍远，有河水可通。钢铁大王卡匿奇所开设也。成本多寡不肯告人。其初每日出钢不过五十吨，前一千八百七十年。现今每日出至七百吨，每年出二万万馀吨，可谓宏矣。该厂马力三千五百匹。所

31,12,28

出钢板长三丈，宽二丈，厚一寸。惜不能久住，考察不能详细。

阅制玻璃器厂，大小器具俱全。系用石粉熔化净汁灌模成器。凡铜锡器、磁器如杯碗盘碟之类。有样式者，皆可仿造。此厂有工匠四百馀人，机器不甚大，人工居多。将来仍须扩充，必夺中国磁器之利不少，我国宜早为开厂仿造。 参观制玻璃厂

阅大片玻璃厂及白石厂。二项熔化亦系石粉料。此料近必球卜，能造三丈长、一丈五六尺宽、一寸厚大片。有溶化厂、灌模厂、造片厂、切片厂、磨光厂。

二十九日　抵华盛顿京，住阿宁腾客栈，每日房饭美金五元。 抵华盛顿

夜间拜周监督自齐，交付湖北监督留学生关防。拜张部郎权。

美利坚合众国计四十五省，三千三百万方里，人民七千万，华盛顿京城居民四十万。

官制除副大统领外，有政务长官、大藏省长官、陆军省长官、海军省长官、内务省长官、递信总监、检事总长、农务省长官。各省长官岁俸美金八千元。 美国官制

除夕发宫保、督宪电禀。

光绪三十二年正月元旦日　游美国上下议院，听议员议事。美国计四十五省，上议院每省举二人，共八十九人，内有一小省仅举一人。下议院凡有三万人者准其举一人，下议院共三百八十六人。议事亦分两党。

美国议院始于千六百三十年，设十八副理事。千六百 美国议院

四十四年又举代理事，分副理事与代理事为上下议院。华盛顿奋起独立，十二邦公举绅董会立原政法七款，于是议院之制较备。查今制，大略立法权属国会，国会由上下议院联成。上院议员以六年为任期，下院议员以二年为任期。凡与外国立约及简命文武官之事，虽大统领所司，而允否概属于议员。惟上院批准之条约，须赞成员数在三分之二以上。上院又能为高等法院审判弹劾事件，然弹劾之权则全在下议院，上院但能斥罢被劾者与减其资格而已。

上下议院各有权属

议院内有总裁判所，凡各省有上控事由，律师赴总裁判所申辩，总副裁判各官准其辩论。听审人甚多。

议院有华盛顿开国各功臣图像。

“黄圈”原作“黄图”

议院有通国晴雨风云每日图，图中分黄红蓝白四色，黄圈为雨，红圈为晴，蓝圈为阴，白为风。每日各省皆有电告。又见议院悬一图，拟将来添造火车站一所，平地高七百五十一尺，与议院之高度相同。

专利局

是日下午阅专利制器局。凡工商家新制一器，必送该局验明。如果系新奇未经前人造过者，准其专利，专利定例十七年。不准他人仿造。局中存样式，并绘图贴说备案。凡创造之物，视其物式之大小、工程之难易、利用之厚薄，分别给予奖励。

专利产品不准仿造

初二日　随同阅户部调查各事。

一、户部管理通国公家财政。地方财政由各省各郡县分别自理，举员经理。

32,1,2

一、户部经理最重要之事：

甲．国债票。现在国债票每百元可售一百零七元。旧借民债三百四十六兆，永不增减。有军事随时复借，军事平定旋即筹还。 美财政部管理事项

乙．通国银行。一千八百七十年开办。通国银行六千家，悉归户部督察。银行出银票若干，必有存款在户部始准出票，以杜倒闭。至银行所出之票，亦必由部发给纸币，乃可转售。 通国银行

丙．通国海关税。每日约收一百万金，通年约收四万万。另有征税章程。

丁．通国烟酒税。每年约征一万万金。另有征税章程。

戊．国币。金银纸币均归户部主持，通国一律。凡出票均有实在金银币储库。

己．造纸币厂。

庚．造金银币厂。

辛．储金银及纸币国债票各库。库房甚严密，库门以机器启闭。

壬．有巡警房一所，专缉伪造假纸币。拿获之犯即照一相，报告通国，其人治以应得之罪。该所已获之犯照相约有三百馀张。据云均扯每年获假票三万馀纸。 伪造假币拿获治罪

癸．户部办事各处，经理一切收支帐款。悉用机器代人工，如算账亦以机器为之，极为迅速灵便，并无错误。大半用妇女司其事。 算账以机器为之

是日下午，赴耶稣青年会茶会。即青年学堂。

又赴油画院。见各油画精美异常，人物山水无不逼肖。

初三日　午刻，赴外部宴会。各部大臣同席。晚间六点钟，警部派员来演说华盛顿掌故政治一点钟。七点钟，

前外部福士达君请至寓所茶会。

初四日 礼拜日，赴礼拜堂各处游览。

华盛顿墓

初五日 随同往视华盛顿总统夫妇墓。墓甚朴质，并不华美。一代伟民主示人以俭之意。另有华盛顿服食起居、日用各物，另储一楼，分别陈设数处，以为后人遗念，不尽为华盛顿亲遗之物。内中亦有后人添置者。

印刷局规模宏敞

初六日 随同阅印刷局。规模宏敞，有各种机器四百馀副，男女工人四千四百馀。该厂专印各种钞币、信纸、信封、账单、账簿、报告凭单、名片图说，并自铸铜铅各字板，机器极灵巧，以及画格钻眼于纸单之上，又排印活字，巧妙异常。

筹款要领款目分明

初七日 复同王主事伊、学生王麟阁译员至户部，晤户部副大臣卡思考察财政。卡思在户部二十馀年，为理财名家，议论甚富。询以筹款要领，据云美为民主之邦，款目至为分明。示以报告款目表。公款公用，私款私用，各省各地方之款为各省各地方之用，毫不牵混，以示大信于万民，所以筹款易也。至遇有战务之时，则另筹战务税，或借民债。军务平定，旋即停战务税，并分还民债。

又云省郡省市，各有分税。美国分计抽税则觉其轻，中国合计抽税则觉甚重。卡思赠战务税及停税办法章程二分。

又云美国凡议各税，均由上下议院议定，布告民间，然后议行，乃可易于措施，否则官难办动。又云美国一千八百九十八年与西班牙开战，美议院临时征收，议战务

32,1,7

税，民间均无异言，军饷大足。军事甫毕，即议罢税，民更悦服。又云美国征税筹款，按各省之情形，分别审酌办理。各省情形不同，不能一律。

问盐税，又答云：本国出产，可敷本国三分之二之用，此外则系西印度来源输入者，大约每百磅抽税八先至十二先。现盐售价每磅一分五至三分。烟税至重，每磅抽六先。雪茄烟每千支抽美金三元。酒税另赠有章程一本。

卡思又云：中国财政支绌已久，约而言之，其弊有四：一路矿不知速办；二工商不求振兴；三公私款不分眉目，所征各税专供国家，不为百姓料理地方之事，以至公家每有急需，而民不乐输；四出口税重，入口税轻，轻重倒置，利之外溢，大率类此，岂不大耗国家财政之元气。其言直爽，多中肯綮，办事亦有条不紊，实为理财巨擘。 中国财政其弊有四

下午赴藏书楼游览。华盛顿藏书楼为万国第一雄富，修造华美，金碧辉煌，罕与伦比。藏书共计一百四十万种，阅书者约千人。取书还书，均用机器。此楼造费七百馀万美金。夜间十二点半钟开车。 取书还书均用机器

初八日　八点钟抵纽约，为全球第二埠，伦敦为全球第一埠。为美洲第一埠，人民一百四五十万。每日伙食栈租每人美金五元。

下午乘地道电车往阅世界第一大桥。此桥极高，桥洞能过大船，桥用大铁管铁架拉力造成，重学家新法。有石砌高桥墩二道，上出桥面三十馀丈，二面即以铁管铁条拉之。 往阅世界第一大桥

科伦比亚（哥伦比亚）

初九日　往游科伦比亚大学校。距纽约二十里。此校比士丹佛尤大，有学生一千四五百人，各料皆备，机器制造、化学尤冠全省。登藏书楼顶，可揽全埠。理财科教习锡格尔论财政极为得体，问以中美货物往来优劣大概情形。其略云：美国运中国之煤油、五金、棉布各种杂货，美国现在商会专派有学问之人常驻中国，考察商情，何种宜改良制造方合中国销场，何者宜减轻工料成本方可以广销路，中国人之好尚，时有报告回国；且制造转输，均极灵便，又能联络公司以专其利，所以商务日臻上理，年胜一年。中国运美之货物则不然，如丝茶、桐油、樟脑、大黄、磁器各货，日见窳败，不求改良，又无商会考求制造，转输极不灵便，往往发一信定购一货，迟至两年始达。又中国商人常云中国厘税苛待华商之处甚多，而挂洋商旗运货转占便宜。种种自闭其利、自塞其源，商务焉得不年衰一年。锡君力劝中国速开商报馆，以开商智。立商会。与驻美国参赞自齐之言相同。锡格尔著有《理财讲义》二卷，一卷论政府用款与集款，一卷论税项。卷首列合众国用款表一篇，一千九百年计算。表中所载出款共九十一万五千九百万元，而教育费用至十四万万元，占全额几六分之一，较兵费所用一万万元已过二十分之十三。美人以全力注重学务，其深识伟见，所以陶铸国民，输通智识，而能探富强政法之本原也。其他扩充实业、保卫治安，一切经制费用，不外乎取百姓之财即以用之百姓，而政府必为监督办理者。诚以政府有代表百姓之责任也。论

中美货物往来优劣大概情形

《理财讲义》切实有用

百姓之财用之百姓

32,1,11

国债则云不可轻集，如有大军事大营业，度支实在拮据则集之，即集亦有限制，防百姓担任过重，与税务有关系也。集税之法，则以个人能担任为比例，其中最重酒税、遗业税二项，以酒本非益人之物，故重税之不为苛；遗业则其人入款既多，必不吝此区区税项。馀亦多切实有用之谈。锡氏为科伦比亚大学理财科总教。是书已印行三次，其言多有依据，知非捃摭理财之浮言者所能得其要领也。 最重酒税遗业税

是夜，纽约美教会请宴，到客七百馀人，演说者甚多。

十一日 随游博物院，中国名磁甚多且佳。

午后游公园。博物院动物植物甚多。又赴救火局，一观救火章程。该局救火人马一闻警钟，不过六秒钟即可驾车开门出救，极其迅速。救火机器及救命梯均甚灵巧。公益之心无微不至。 救火钟响六秒即出

夜间，两钦宪召留美各学生饮并演说照相。邀集湖北留学生十一人畅谈，勉其勤学，回国大兴实业，以图富强。 与湖北留学生畅谈

十二日 清晨，同田吴炤、舒清阿并学生王麟阁、陈辉德、杨恩湛、刘庆云、陶德琨、姚臣焘、朱启烈、雷以纶、张继业、郭泰祺、卢静恒等共十四人照相。

辰刻，赴纽约大学校考察。有程章三本。此校有学生一千人。又至教会中小学堂一阅。 纽约大学

是日坐自行电车往游，来往甚迅，并至前伯理玺天德葛兰德墓一游，壮丽异常，费数百万金，皆纽约埠商民之 伯理玺天德葛兰德（总统格兰特）

资。因葛氏有南北美之役，战功甚伟也。其墓右侧有李文忠所赠碑志。

纽约裁判所候审所

十四日 阅纽约裁判所候审所。未判定罪所。入第一重门，有犯人亲友听候入视，或送什物，或送饭食，必验明而后转交犯人。再入二重门，左为犯人晤状师处，右为守身之所，女人在此候审，终日可以放出狱房，在第二门以内游玩；男人每日放点钟。狱房宽六尺，长八尺，高七尺。候审所男工九十四人，女工二十四人。狱楼有四层，分国事犯、私罪犯、省罪犯，各归各楼。每礼拜沐浴一次，常浴者听之。见有中国轻罪犯二名。狱内有书房、药房。十一岁至二十岁犯童，有教习教读。有罗马耶稣讲堂二处。

已定罪犯之监狱

午后渡河东阅监狱，此系已定罪犯之所。其罪一年至三年释放。犯人每日令作工四点钟。有楼房三处，每楼三层，每层一百五十间，每间一名。屋高七尺，宽五尺，长七尺五寸。是日有男犯五百名、女犯八十口。女犯另有一楼，男女有别。有浴房一所，有量身房，犯人进屋先照二相，一正面，一侧面。然后量身之长短、手之长短、足之长短、肘之长短、头之大小，有医药房，有养病所。犯人一日两餐，面包、牛肉一铁碗，足饱。

到哈佛

十五日 午后四点钟，搭火车赴哈佛埠，七点钟到哈佛。

中国武弁在此学习

十六日 清晨大雪，踏雪阅枪炮厂。民办。国家派有武弁二十四人在此学制造。此厂有工人七百，所造一种新

32,1,16

快炮陆路用最精良，每分钟能放四百八十出，口径七密里，惜乎太小，与毛瑟枪口径相仿。能及六千密达。每炮重四十磅，一人负而行。炮架重四十馀磅，亦以一人负之。每炮值价美金八百五十元。炮太小，价太大，分两太重，虽能及六千密达，未必有准，惟每分钟能放四百八十出，可谓极新极快之利器。据该总理云，浙抚台定购四尊。该厂又能造七响小手枪，每枝价约十元。亦甚灵巧。哈佛赠图书二册。 浙抚定购快炮四尊

午后乘火车半点钟至士卑令斐埠，阅枪厂。官办。此厂有工匠一千八百人，每日能出枪四百杆，所造皆五响快枪，颇似毛瑟。每月需工价美金十万元。机器多旧式，用人工处甚多，如打磨及油洗枪膛，皆人工。壳木甚轻，四年之木而后作料。每枪壳料购价七毫，合华银一两。每枪价美金十元，华银十四五两。子弹在外。通国水陆兵皆用此枪，以归一律。该厂马力四百五十匹。

夜间乘火车至波士顿，九点半到。

十七日　清晨，乘火车半点钟到洛卫尔，阅织呢厂。 织呢厂

入门，外柜、议价处、内账房、看样房，楼下储成包之货，此为一处。由楼口过露天走道，至收羊毛料所，有四个月之羊，可以用其毛料。毛分粗细，分黑白。据云羊毛每磅提净值七分二厘。通厂做工约七八百人，一半男工，一半女工。又由走道至机器房，有水时用水力，无水用机器。马力六十匹。有刷毛机器厂，所织之呢，将其毛茵刷去。刷毛茵有一种茨壳穿在梭上，即将毛茵刷理整齐，分别用舍，去茵存毛。茨壳可谓天造织呢要物。有缩紧机器，以七十二尺宽缩为五十二尺。有洗羊毛机

厂，以水漂洗白色。有织呢机器，与织布相仿。有牵纱机，由粗而细，与棉花纺纱相似，由锭子而牵纱以备织呢。有储染料缸，有和色缸，和色须一礼拜，始能就染，每和一缸，约值五六百美金。均扯每日能织成呢一百匹。每匹四十码。织工染色，货色分粗细，能织半丝半毛呢，半毛半棉呢，全毛呢。各色呢各厂均分隶在三层楼上，下有门可通。局面分布合度，想系陆续推广而成。此局，大约有二百万美金可办。索章程，惜不与。午后回波士顿。

十八日　清晨九点十分钟开车，午后四点钟回纽约。

十九日　在寓晤各同行友人，预备渡欧。

二十日　辰发宫保宪电禀。

美孚火油

二十一日　午刻渡河，阅美孚厂火油公司。此厂已设三十年，局面甚大。木箱、马口铁罐皆以机器成之。煤油出产距此数百里或千馀里，皆由铁管地道而来，以省运费。火油到此，仍提净后始装箱。提油所用之煤，就近购办。该厂有极大锅炉十馀座，马力一千匹。每日木箱成油四万个，马口铁箱八万个，木桶五千个，或运亚洲，或运欧洲。轮船帆船皆泊厂。受载成本每箱值美金半元，外箱费运至中国约值成本一两六钱几分。美得油井始于千八百五十八年，在偏斯伟挪邦觅出，油从井口上涌，如溪涧之泉，略以机器提净，清白如水，以供灯檠之需，利便罕比。今美出口货物，以煤油为大宗，美孚厂其尤著者也。查光绪二十九年某洋员调查中国矿务，其论蜀省油井云：煤油前经华商筹集股本，在巴县、犍为、綦江等处或购矿

偏斯伟挪（宾夕法尼亚）

美出口物煤油大宗

32,1,22

山，或赁地段，陆续开采，所出煤油既不一律碧清，又多烟焰，故购者亦不见踊跃，且开采之法既未精求，出油亦难畅旺，该省人民仍用外洋来华之油，而外洋运华者其价反廉于蜀省。以上某洋员调查语。中国天然地产，致令得而无用，不能收回利权，抵制外货，甚为可惜。

二十二日　由纽约随同钦宪乘德国公司船八点半钟起程，十点半钟开船。每人坐头等舱位七十五元。 离开纽约

二十三日　辰刻随同至机器卫生房运动，试验各种机器，或作跑马式，或作捶腰式，或作捶背式，或作运气式，或睡而揉腰脊式，均令人舒畅血气，助长膂力。

二月初一日　亥刻抵英国海口普里茂埠。随同登岸同行参随共十六人。 抵英普里茂（普利茅斯）

初二日　子时坐火车赴伦敦，驻英使汪京卿大燮派员至海口来接。辰刻抵英京。由海口至英京每人美金七元五角。午后阅动物院。英京动物院鸟兽极多，地址尤广阔，他国不及。 抵伦敦

初三日　上午游览英皇宫，下午游览博物院。皇宫较美国宫室华丽，博物院则甲于欧美各国，以其古玩金石之类甚多。

初四日　游览各街。英国大银行为天下银行巨擘，所出银票以三分之一存现银在行，国家需款多寡，银行代办，以助国用。息仅三厘。

初五日　上午游大商铺，下午赴议院游览。议院外表办法不如美洲整齐。匆匆一阅，以时促未能在议院久留。

英留学生曾宗鉴筠圃，闽县人，南洋公学官费生，肄 留英学生

业政治、理财。接谈两点钟，颇有才气。

抵巴黎

初六日　辰刻起程赴法国，由英京至法京每人火车轮船费二磅十五先令。午刻换渡船渡海，火车行两点钟即渡海。行一点十分钟抵法界，换火车。七点钟至法京巴黎斯京城进栈，驻法刘钦使式训在车栈接两钦宪。

烟草公司之最大者

初七日　午后游烟草公司。法国烟草公司共二十一所，皆归法政府专利。此厂法京烟草公司之最大者，有工匠千人，每日成烟万包。每包十二支或二十四支不等。有机器四种，先洗烟草，次切草，次烘草，次卷烟以成烟支。有一种卷烟新机器最佳最速，系出自英国。

初八日　上午阅各街道，下午各留学生请宴会。

吴宗濂

初九日　同吴监督宗濂游商店。

聋哑学堂

初十日　阅聋哑学堂。凡哑子进学堂，先教其开口出音，循序渐进，以至说话，以及算学、工艺、舆地，无不周知。大半半日上学，半日作工如皮匠、裁缝、木匠之类，均能仿造，启聋哑之疾，功德莫大。阅博物院，见法皇宝冠一顶，上有大金钢钻一粒，重约三两有馀。

下午游铁塔，上出重霄，远望地中海。游大花园，树林极茂，游人多集。

十一日　随同阅女学堂。法国女学生四百人，分十堂，法文、英文、算学、体操、画工、织工、绣工，无一不精。

十二日　午刻一点一刻由巴黎起程，火车行四点钟，过比国界，十点钟进德国界。

32,2,13

十三日　晨七点钟抵德京柏林进栈，栈名开色尔荷夫。驻德荫钦使昌在车栈接两钦宪。回栈请圣安。午后湖北留学生有来见者。是日发宫保宪电禀。　抵德柏林

德意志合众国计二十六部一百九十万方里，人民五千万，柏林京城居民一百八十八万。

官制有总理大臣、外务大臣、内务大臣、海军大臣、司法大臣、大藏大臣、邮政局长、铁路局长、税务局长、管理废兵院饷赀局长、银行局长、公债局长，不设内阁，国务大臣各独立于首相统辖之下，行其所主事务。　德国政制

宪法立于千八百七十一年制定，皇帝对于各联邦而代表其国家，故有宣战、媾和、缔约、遣使、接待各国公使之权，惟国内立法事务与宣战等事，必须联邦议会及国会协赞之。联邦议会者，德意志各州之代表议员五十八名；国会者，德意志各民之代表议员三百九十七名。以五年为任期，由人民公举。　德国宪法

十五日　随同阅力甫枪炮机器厂。此厂造三种枪：一为一千八百九十二年毛瑟枪，口径七厘；一为八响十六子手枪；一为五响马枪。该厂每日成枪七百枝。又造炮三种：一为快炮，每分钟可放七百出；一为过山炮，每分钟可放四百出；一为车炮，有马力四副，每副六七八百匹马力不等。用电机器以省煤炭。有工匠三千人。距柏林客栈坐马车约二十分钟。闻粤东有在该厂购造枪机器全副，值银一百九十万金，每日可成枪三十枝，子弹二万五千粒云。　毛瑟枪　粤购造枪机器全副

十六日　午夜随同阅电机厂。此厂讲求各式化电电

学，当场试验并演说造电之精奥，惜不明德语，不能得其大旨，怅怅。

湖北留德学生

十七日　午后与湖北留学生照相，到者为吴连庆、萧安国、杨祖谦、松俊、丁文、玺锦铨、刘家佺、陈康时、恩崇、金海、哲筠、周树廉、王相、楚占魁、姚家振、善明、源发并田吴熄比学生、田吴炤、舒清阿，共二十一人。未到者为马德润、宾步程、张九维、朱和中、李人铎、钱祖元、王发科。

德律风（电话）

十八日　随同阅制造电器厂。此厂制造电机电灯、水陆电线、无线电报、电车以及德律风、电风扇，凡电汽电机之物，无一不备，规模宏大，有工匠二万五千人，有工厂七所，相距三英里，由地道五分钟可达。

德国船厂

二十日　随同阅船厂。此厂距柏林三百馀里，火车行两点钟可到。船坞地势极佳，海岸回环而水势甚深。是日见该厂造有新大商船一艘，载重二万六千吨，造费一千三百万马克。合中国六百五十万元。又造有鱼雷艇一只，吃水九尺，需价银五十万元，雷价在内，炮价在外。该厂凡造船一艘，必做小船模一只，共储模一楼。昔年我国定造定海、镇海两铁舰，模式尚存，见之惨然。该厂有制造船机锅炉桅篷各器，以及船上一切应用器具，无一不备，可谓极大船厂。闻较之英国略逊，较之他国则胜。

定海镇海模式尚存

二十一日　游大商店。

二十二日　辰刻奉宫保、督宪个电。午刻随同阅藏书楼。藏书不过四十万种，不及美国三分之一。然其中旧书以及

德藏书楼钞本甚多

32,2,23

各国钞本甚多，名人墨迹亦不少，此则较美又胜矣。此楼房屋已朽，闻现已绘一图另造新楼，此屋归并大学堂云。

二十三日　清晨，又奉宫保、督宪哿电。上午随同赴警察部考察，规画井然，大概列后：

一、清查户口。凡柏林无论贵族官民，均须赴局报明列册，分局分段可以按查。如有迁移，亦自行赴局报明改册，否则重罚。居民之生死，亦须赴局报明。惟游历之客，来往无常，不能细查，然房主亦代报局列册，虽不免有遗漏之时，然大概不能出其范围矣。

警察制度规画井然

一、缉捕。凡侦探巡兵，均由学堂一年半毕业后始准充当，侦探另有教员教之。缉捕章程，赏罚最为严明。全恃赏罚得力，另有专书。

一、声息灵通。本部另有电报房、德律风与各分局相通，如身之使臂，臂之使指，事事顺手。

一、考察伪造，即以伪乱真。最为讲求。有化学房，专试验一切伪造乱真各物，验实后治以应得之罪。

一、量验犯人之手足头臂并打手模箕斗，与中国犯人相似，然实行其事而又认真，则中国万不能及。

认真态度中国不及

一、每一巡兵在段两点半钟，回局休息两点钟，复又上段当差，周而复始，可以无倦。

一、本部有巡兵六千五百人，充柏林京城巡兵。外省未计。

一、本部有学堂一所，每学生每月给一百马克，一年半毕业，然后当兵。

二十四日　上午与留学生宾步程湖北人译书。下午随同阅油画院。

二十五日　下午随同赴马队护卫营阅。马匹甚佳，有值两三千金者。喂养每日草七磅，麸料二升，豆三升。该营自造马鞍镫钉蹄鐣以及拉炮车、辎重车，军装衣靴悉皆自制。其马肥壮高大。与奥国相埒，他国不能及也。

博物院二

二十六日　上午随同阅博物院二所。一陈列欧洲博物、古今名器，内有德国于一千七百九十八年在中国江西景德镇所制之细磁器，尤佳，并有西字。可见中西交通不自近年而始，在康熙时代已交往矣。一陈列东方博物。仁庙、纯庙御笔文翰甚多，又纯庙御窑磁器数种，皆庚子之乱运回者。又画轴数件，皆形容我国腐败各状态，令人愧愤。

德国小学

二十八日　上午随同阅中小学堂。小学堂自初级至高等分八班，共有学生四百五十名，自八岁至十四五岁，八年毕业。男女各分各堂。见男学生体操兼阵势。尚武精神，以德为最。柏林小学堂共有二十馀处，学生每年学费不过四百五十马克，贫苦者不收学费。计画图、体操、国文、唱歌、舆地、算学教法无一不备。

中学堂学生每年学费九百马克，有学生七百人。有宿校，有不宿校。在此五年毕业，升送大学校。

下午阅化学堂。此堂化学精良，为法国第一。阅该堂教员、试验一切化学较美洲更胜。

以地方税设各小学

德国教育普及，全国由国家主持，以地方税设小学于

32,2,30

各都邑町村。儿童自六岁至十四岁，谓之学龄，强其父母命之入学。中学教育之制，其实际与小学相似。小学校之上有都市中学校，即市民学校。施各种职业之教育。高等中学校课程凡九年，为将入大学及欲为高等职务者而设。其他公立私立普通中学校，种类甚多。实业教育则有高等工业及农业、矿业、建筑、森林、美术、音乐诸学校；军事教育则有扣尔之海军大学校、柏林及米油匿次之陆军大学校与将弁航海诸学校。德自与法战后，国称雄霸，联邦一会遂合各州之列土成一德意志之版图，又得名相俾士麦，从而提倡之尚武精神印于国人之脑。千八百五十年之宪法，其中第二十六条云“学校制度可以法律规定之”，以是知欧洲学制之整齐严肃者，莫德若也。

德国教育学制整肃

扣尔（基尔）

米油匿次（慕尼黑）

三十日 随同钦宪觐见德皇维廉第三。午刻十二点钟，德皇派马车至栈接两钦宪，参随十八人随同。进宫门下车，禁兵戎装严立。外部带领至正殿左侧，立候片刻，开宫门觐见，递国书，读颂词，钦宪、参随鞠躬上呈，德皇坐接国书，答颂词。钦宪退至便殿，少许，德皇、皇后在便殿再见，受钦使礼物。德皇、皇后各八色磁器、景泰蓝、绣货、雕漆、秋操图、北京图。德皇赠钦宪头等宝星。旋至晏厅开筵。德皇皇后对面坐中正座，同席中西七十八人，鼎坐在皇后之右侧第六座。晏毕，德皇、皇后约同至正殿，立询国事。荫钦使代译。约一点钟久，退出，旋随同照相。

觐见德皇

三月初一日 奉钦宪特派，随同出游考察各联邦政治。

初二日　巳刻上火车，火车客栈皆外部给费。下午六点钟抵多门城，市长请晏，在多门下议院。此城已兴四百馀年。宾主尽欢而散。矿铁起重机器颇为精良。

多门河

初三日　随同游多门河。此河开于一千八百九十九年，费银七千万马克。河宽十丈，通北海，计远五百四十里，运煤、运矿料极便。河深三丈馀，有大桥三十道，桥高五丈，能行九百吨大船。一千九百年至一千九百零六年所运出货物煤铁，年胜一年，自一万三千万吨增至六万五千万吨。轮船行百馀里，见河面一高一低，高低相距七十五密达，轮船自高河下低河，系由闸入漕。轮船在漕内，浮水面如在升梯，坠下至低河面，漕与低河水平，则开闸门，轮船出漕。闸漕系合中国银以二百万元作成。漕内储水浮船，漕下有五大木桶，桶内有水，欲漕上升则用机器汲水，将桶内满贮其水以浮其漕，欲漕下坠，则将桶内之水放出若干，则漕自坠落帷。惟漕内之水必须满储方可浮船，若减水则不能浮船矣。

轮船出闸之法

此河两岸以方块石砌成，出水高约七八尺至一丈。堤上又缩进七八尺又作土堤一道，比石砌之岸加高五六尺。

下午阅矿厂两处，皆煤矿，开矿全用机器，马力一千五百匹。每厂有焦炭炉一百馀座，每炉以生炭八吨进炉，出炉熟炭五吨，烧三十点钟。阅浴场，大小学生约百馀人，教习凫水、寓水，操习阵势。操演一点钟久，颇有可观，德国尚武可见一斑。

德国尚武可见一斑

32,3,4

夜间八点半钟，在客寓晚餐毕，随节坐火车，十点钟抵克虏伯厂，住克虏伯自设客寓。克虏伯厂总共工人五万人，成本一万六千万马克。 克虏伯厂

初四日　上午八点钟，坐火车赴克虏伯厂，阅海口起，观矿厂，炼铁厂，大锅炉五座，每炉出铁二百五十吨。四点钟出一次。

炼钢厂，每炉出钢五十吨，拉钢厂，钢轨厂。每年出轨五十万条，每条五丈长。

阅总电汽厂。另有专门章程。

阅工人住宅。每宅楼上下各两椽，另厨房、门堂清洁。门口有馀地三尺许，可以种花。待工人之优，他厂无有也。

阅工调养所。养病者约百馀人，四面临空，颇得空气。种树种花以助生气，且在山冈可以远眺。养病良地，莫妙于此。 待工人之优他厂所无

至河边茶楼小憩。春和景明，河山之间，工厂分布，四面树木多株，游人群集，真佳景也。遥见克虏伯住宅在山麓间巍巍远峙。又赴克虏伯夫妇父子墓一游。树木既茂，地势尤佳，虽死犹生，可谓人杰。

初五日　上午阅炼钢厂，铸炮厂。铸十五生、二十一生、二十四生、二十八生、三十五生各口径。

阅车炮厂。该厂车炮膛系一次车一筒，实心抽出，并非分次钻眼。

阅海军海岸钢炮台厂。各式大炮安设台内，台以钢甲成之。

阅打磨炮厂。在此厂成炮，打磨炮身及各机器，并接打磨零件厂。

阅新式造炮架厂。即野战车炮，七生半口径，日本又名住退炮，

盖此炮能止退力也。

阅汽锤厂。五十吨重。

阅救火厂。救火局章程与美国相似，惟上楼救火则较美迅速灵便。

午后阅铸钢板厂。约英尺一尺厚。

阅炼马頡钢厂。

阅造铁甲船各器械厂。

阅拉钢板厂，压钢板厂。汽机五千吨。

阅炮弹厂。造各式实心开花子母各弹。

阅试验中炮各式钢板厂。

二十一日　阅德国皇家磁器厂。德皇赠戴、端两钦宪大磁瓶二件，高六尺许，磁质花色极其精工，并绘有德皇及皇后御相。又绘宫殿各图。

学理竞争工商发达

德国工商业之发达，实由于学理之竞争。其工商业学校有四：有高等手工学校，有工业学校，有专门工业学校，有商业学校。高等手工学校十所，计学生一万一千二百馀人。商业学校三百六十五所，计学生三万一千人，教育方法以学校为修业地，以工厂为实验场，以商市为纵览品评所。其大工场之主人皆承先世遗传，曾受专门实业，故能灼知其业之学理性质，工场之秩序，绝不紊乱。工业学校之卒业生，多就聘于各厂者，或为讲习新辟之学理，或为发明未知之学理。工商业之进步，年胜一年，非偶然已，盖学问家与工业家两相联结，锐意研究，其坚苦不懈之特长，厥有四端：一曰游历互换智识；二曰陈列考试良楛；三曰各国公使馆领事馆则设商业事务员，报告商情，

学工联研特长有四端

32,3,23

必使输出业之繁盛；四曰揣摩各国性质，爱用何物，虽形式之方椭，包纸之颜色，加意改良，投其嗜好，必使购物者之欢迎。近年德国商务其往来苏彝士河船舶，实为欧洲全体百分之一零九，输入中国者值一亿七千四百万马克。利益日增，皆前四者之效力。此德所由与英法俄美诸国商战于全世界而能占一等之地位也。

二十三日　钦宪游丹墨国。

二十七日　夜十一点钟，由柏林乘火车赴俄。柏林乘火车至俄京圣彼得堡，火车行三十四点钟。每人头等车位约一百五十五马克。

二十八日　下午一点钟抵维卜宁，进俄界，换车验行李，有护照则不验。

二十九日　上午八点钟，抵俄京圣彼得堡。使馆参随诸君来接，进栈，栈名法郎思。拜谒胡钦使惟德及参随诸人。午后乘车至江岸一游。此江通波罗的海。江面不甚宽，约二百馀丈。时值暮春，冰冻始解，上游流水过境入海，洋洋澎湃，甚是可观。是日发宫保、宪电禀。 抵俄京

俄罗斯国土占世界陆地七分之一。全国计七十九府八兆六十四万四千一百方里，人民一百二十九兆，圣彼得堡京城居民一百二十六万七千。

官制有宫内大臣兼御料地事务大臣，外务大臣，陆军大臣，海军大臣，内务大臣，文部大臣，大藏大臣，司法大臣，农务大臣兼官地方事务大臣兼铁路大臣，会计、审查院长，教务院法务总监。立法行政及司法三大权悉统于 俄官制

皇帝，所欲行即著为令。行政处分为四大院：一参议院，二元老院，三教务院，四内阁。俄本君主专制国，日俄战后，近来渐讲求宪政，以图自强。

三十日　上午接见湖北留学俄国三人：夏维松、颜式超、萧焕烈。

俄学校

俄之高等大学校计九所，其学科以哲学、法律、格致、算学为要。高等寻常及实业各中学计三百五十馀校，师范学校及教员练习所计一百六十馀校，女子中学计三百四十馀校，初等学校总数计七万八千七百二十四所。武备专门学堂七所：一曰大将，二曰工程，三曰炮队，四曰测量，五曰辎重，六曰军医，七曰法律。此外又有海军大学。全国教育费共计五十一兆零六万二千八百四十二卢布。

下午游公园。公园比德国公园略小。树木尚未发青。游工商贸易厂。凡百货物皆备，与英法美德之大商铺相似，惟俄系各业各分门面，或一间或两间，各有店东，众工商聚集，以成商会，不似英法美德，大商铺一店东而总众工商之营业也。

俄商业各分门面

四月初一日　微雪。午刻，游矿务博物院及矿务学堂。五金矿产、各种奇异矿石以及水矿如蚌珠、水晶、宝石、绿松石、珊瑚、玛瑙，不一而足，为各国之所不及。所有乌拉岭各矿图式即在此院地道开挖一洞，亦如乌拉岭之矿穴，仿照开矿之状，以备学生就近学习试验。

博物院及矿务学堂

下午游各岛及海口，即波罗的海。

32,4,2

初二日　游俄皇宫。宫殿临江，有厅三百间，下房六七百间，合计约有千间。其中游画甚多。前俄皇亚力山大第二遗物存储二室，以为纪念，因亚力山大第二死于国事也。前俄皇亚力山大第一立可那宜第一，今皇立可那宜第二。宫殿皆极华美。宫内有礼拜堂一所，金碧辉煌，宝石刻像尤多。俄皇现驻行宫，距此一百馀里。 游俄皇宫

初三日　上午考察制造纸币刷印局。此局制造刷印钞票、国债票、汇票、彩票、火车票以及商民各种售货凭单，各公所用联票，海关验货单及封条之类。开办经费五百万卢布。 考察纸币刷印局

归户部管理。

所铸铜板、银板、铅字板、石板，加色石印、油印，或以大缩小，或以小放大，均极精工。

钞币自三卢布、五卢布、十卢布、二十五卢布、一百卢布、五百卢布以至一千卢布，大小样式不同。造纸有三四种暗花纹，有亚力山大第一像，纸面有红黄蓝绿四色花纹，纹极精细。造纸印花各种机器，或购自美国，或购自德奥英法各国，或由本国自造，并非一手制成，故仿造不易。总机器二副。共马力六百匹。 卢布种类

此局有工匠一千四百人。

下午阅国家银行。此行与美国户部银行办法相似，亦系归户部管理。有分行一百五十处。总银行内分设： 国家银行

纸币股。查纸币共有一千一百兆卢布在行营运。

金币、银币、铜币股。共存现币八百兆。

国债、彩票股。

国债息借股。约借各国债二千兆卢布。

存款股。存行之款每月五厘起息。

押款股。以产业货物质贷，每月七八厘行息，银根紧时有一分行息者。

汇兑股。专作汇兑各国交易。

兑换股。凡本国金银铜币、纸币及外国各币，皆可兑换。

注销票券处。

稽核帐务总汇处。

以上各股司事共七百人，杂务工人五百人，共一千二百人。规模宏大，过于美德二国，惟较英国银行略逊耳。

初四日　同胡钦使惟德往拜俄外部大臣纳悟思托夫，晤谈片刻，旋至户部拜访未晤。

铸币局铸金银铜币

初五日　上午阅铸币局。此局铸金、银、铜三品，与纸币相辅而行，均归户部管理。金币铸五卢布、十卢布二种居多；银币铸一卢布、半卢布，皆九成银，二十可比、十五可比、十可比、五可比四种，皆半银半铜，机器与湖北银元局相似，惟称分量机器较灵便。此局有工人五百人，每日铸各银币合计约值五万卢布，金币并不天天鼓铸，需用则铸，不需则停。有金矿、银矿试验熔化炉。金矿银矿在此分熔。又铸各试功牌：上等奖金牌，次等奖银牌。有一种铜牌，系专奖良马者，奖马即所以奖将士也。

专奖良马之铜牌

下午阅烧酒厂。此厂归户部管理，国家专利。有工匠四千人，专烧白酒，与中国汾酒相似。原质太浓，搀以净

32,4,6

水，至四十二度，然后装瓶。俄京有四厂，此厂为最大。待工匠最优，女工之幼孩另有一院抚养，雇有保姆，仿幼稚园办法，众女工无内顾之忧，可以尽心工艺，用意至厚。工人食餐，每人不过十可比，不敷由公家贴赔若干，始敷饭餐之资。 最大酒厂优待工匠

初六日　阅俄皇家博物院。院内有彼得帝遗物甚多，大半系游学荷兰所习工艺制造新法各器，以示变法自强，躬自刻苦之实迹。彼得帝初次与瑞典开战败绩，伤其腿，遂备置一椅，乘而复战，转败为胜，至今其椅尚存，可谓雄矣。彼得帝遗物多朴实，亚力山大立可那宜诸帝遗物渐趋华美，亦可见开国与守成之君，各有不同也。 彼得帝遗物甚多

下午五点钟三刻，至车站搭车赴奥国。每人车费七十六元四角，饭食杂用在外。六点半钟开车。

初七日　下午四点钟至瓦厦换车，夜十点钟入奥境，验护照免税。

初八日　早八点钟抵奥京维也纳。住卜立司妥尔客栈。往拜李钦使经迈，到任未久，略谈奥国政治。 抵维也纳

奥斯马加全境二百四十万方里，人民四千一百万，维也纳京城居民一百三十六万。官制有总理大臣，内务大臣，铁路大臣，大藏大臣，军务大臣，司法大臣，商业大臣，文部宗教大臣。 奥政治

国体宪政有三：一中央政府，一各州政治，一地方政治。中央政府有帝国议会，为奥国全国之代表，分上下两院。上院分四级。下院选定议员额三百五十六名，下院议 国体宪政

员以六年为期。凡奥国一切大事，皆由其决议。议案既定，必上下两院询谋佥同，国君允准，然后施行。行之无效，两议院再拟新章，互相讨论。各州政治，凡不在帝国议会范围之内者，州会有立法之权。州会者，各州政治之代表，共议员十七名，任以六年为期。地方政治于各郡村均有议会，凡关于地方公共之事，郡村会员皆得议之，任以三年为期，惟议事必须州会监督。

奥皇年齿较地球诸皇帝为最长，立国亦为欧洲诸国之先，颇有老气横秋之概。

奥国工厂甚多，制造亦甚讲求，惜皆为德国工厂包购转售出口。

人无远志

奥人无远志，间有赴英法德各国经商者，不过经年，即行回国。奥人在中国者仅四十馀人，可见与我国交涉事甚少。因系立约之国，不能不通使耳。驻奥使馆参随不过六人，并无分驻领事之处。

奥国地气与德相仿，比俄稍暖。

奥京街道与德京相似，用度物价较贵。

留学生

初十日　江南留学员刘维骙，浙省人，曾在北洋学习九年，南洋学习九年，颇有学术，亦见稳练。又见江南留学生陈瑛。

奥马队

十三日　游大公园，又名义大利花园。游人甚多，风景绝佳。并至马队营一阅。马多红色，口不过七八岁至十岁，肥壮异常。比德国尤佳。跑马厅所垫沙土，每百斤内有盐拾斤。奥国马队每哨一百贰拾人，马壹百贰拾匹。有战

32,4,16

事添足二百五拾人。

十六日　晨八点钟，两钦宪由德来奥。

十七日　随同阅大学堂。此堂已开贰百馀年，规模宏大，学生并不宿堂。有高等学生壹百四拾人，皆法律、政治卒业生，或出为中学堂教员，或出为仕宦，均听其便。阅理化学堂、机器学堂、女学堂。机器制造，学生能造各种动用器具及各样新机器，造成器国家必有以奖之，故学生皆奋勉向学。制造生共有四百馀人。 奥大学 学生造成器必有奖

女学堂分初级、中学、高等三班，高等年在十七八至二十馀岁，三年卒业，出为师范。中学生年十三四岁至十六七岁，学习三年，卒业升为高等。小学生年七八岁至十一二岁，三年卒业，升送中学堂。

十八日　阅维也纳府尹公署，议会公所。此院亦甚阔大，系一省之公所，凡一省之公事，日在此间聚议，谓之一省之议院亦可。凡历任府尹之遗物均留此院，以励后人。又阅上下议院。规模虽不及美德各国，然大致亦尚相仿。惟上议院院长最为难处，现在首相辞职即系因议员时有冲突之事。 议员冲突首相辞职

二十一日　晨八点钟，乘火车往客本堡阅炼钢厂。厂不甚大，每日出钢约一百吨。阅造弹厂，专造开花、实心大小各式炮弹，有工匠七百人。

是晚十点钟，开往脱力爱司脱，阅海口及船厂。

二十二日　七点钟抵海口，乘小火轮船，阅海岸，阅造钢甲船，见该厂新造钢甲一艘，载重一万二千吨，由舱

底至舱面有五层，炮位十五门，至大二十四生口径，开战时有官兵一千二百人，平时减半。

阅新造鱼雷艇二艘，灭鱼雷艇十艘，工程皆未及半。

阅商船船坞，与广东黄埔相似。

下午游奥皇避暑宫殿，三面临海，一面傍山，真仙境也。是夜坐火车至斐姆埠，匈牙利属。

斐姆鱼雷日购甚多

二十三日　九点钟阅斐姆厂。此厂专造鱼雷，每年可造六百馀颗，每颗约值五千元。日本前在该厂购办甚多，以之攻俄，颇为得力。此厂造雷为欧洲著名之大厂，系匈牙利商办。是日演放鱼雷二出，极其灵快。

下午阅斐姆海港澳等处口门，崇山环绕，胜于旅顺多矣。

是夜坐火车赴匈牙利京。

过匈牙利

二十四日　早九点钟到匈牙利京。两钦使先一日到此。午刻此埠绅士请宴会，下午阅枪厂，弹厂。此厂造曼里夏枪，七密里九口径，每日出枪百枝，并造十响手枪，颇灵快。是日下午六点钟，钦宪赴俄，恭送启节后，乘火车赴意大利。七点三刻开车，由匈牙利至意大利京，每人车费二百二十五佛郎。

二十五日　午后两点钟至意大利非列司埠换车。此埠风景绝佳，四面皆水，颇似我国之苏杭二府。

抵罗马

二十六日　上午八点钟抵意京罗马。黄钦使诰率参随来接，旋即入栈。

游罗马故宫殿。罗马古迹甚多，如罗慕路王之故宫，

32,4,27

尼罗帝故宫，殆卜路宫，以及奥古多宫，皆二千年以前颓垣坏瓦，碎石破壁，罗列以存古迹。游览一周，察其宫室悉穿复道，且甚黑暗，不知多开窗牖以引光亮，虽文石雕刻习尚奢华，然造法亦笨拙极矣。宫殿甚多造法笨拙

罗马教士甚多，成群结队，遍街行走。

罗马街道不过一二大街，其馀之街巷既窄且污，芜秽不治，不如欧洲各国远甚。

游大公园。东园多树林，西园多池沼，中有马路一条，无甚可观。

二十七日　游彼得庙。壮丽宏敞，以此庙为世界第一。创造于西历一千五百零六年，成于一千七百八十年，计其工程，凡三百五十年，费金一千五百万磅。正殿阶崇五十级，殿高三十馀丈，大门有五，中门以铁为之。石柱有以花石成之，有以宝石成之。佛像多用宝石，杂花文石成之。殿顶俱作圆拱形，最高之顶有四百六十尺，璀灿照耀，雄深崇峻，无与伦比。彼得保罗墓亦在其间，灯烛环绕，日夜不息，真奇观也。彼得庙壮丽宏敞，世界第一 抵意京三日，驻使黄钦使以两钦宪未莅，不能与意政府接洽，先行考察政治，故政界之事未能调查，而回国船期已近，只有托两钦宪所派之留学生王继曾、陈箓两人代将意国财政择要译一简明大义，另录政治译记。钦宪未至考察难行

意大利全国计六十九府，二百八十四县，八千二百六十二乡，十一万零六百四十六方里，人民三千二百九十六万六千三百零七，罗马京城居民四十二万。

意国政治

政治分属内阁总理大臣，内务大臣，外务大臣，户部大臣，国库大臣，司法及宗教大臣，陆军大臣，海军大臣，农商务大臣，文部大臣，工务大臣，递信大臣。

上议院议员三百五十人，由国王派，无限期。下议院议员五百零八人，限五年。

二十八日　下午一点半钟乘火车赴拿波里，六点半抵埠进栈。此埠为意国第一海港，极为繁盛。昔自为国四十年，前始属意国。

二十九日　上午游水族院。各种鱼虾蟹蚌、水蛇水虫之类甚多，可异可怪，然较美京之水族院尚不能及。游博物院。存储古器甚多，即前九百年邦湃城陷掘出之古器。又此院花石雕刻图像最多，玛瑙之器及油画亦不少，其馀各玩器陈设远不及各国之博物院矣。

邦湃古城（庞贝古城）

闰四月初一日　游邦湃古城，距拿波里火车约一点钟可到。此城在耶稣降生以前五百年建造，迨耶氏纪元七十九年喱苏威火山震，全城为火山所压，死三四千人，沉埋千年，于西历一千七百四十八年始有人发掘，得古物甚多。拿波里王乃饬渐渐疏剔，现已全城显露。城郭、宫殿、庙宇、居民住宅、市肆店铺以及戏园、妓馆遗迹俱存，其花石刻石古人形像，垂二千年而不朽。

下午顺道游喱苏威火山。此山于本年三月间又崩陷一次，附近居民伤人不多。是日因天将晚，仅在山脚一游，未能登岸。旋附晚车回拿波里客栈。

初二日　下午三点钟由意大利国海口拿波里埠登德国

32，闰4，3

公司船，船名色的利司，载重八千九百吨，马力六千匹，每点钟行十四英里。由此埠至上海，每人头等舱位水脚一千二百五十马克，合中国银六百二十五元。

初三日　晨九点钟开行出口，进地中海，向东南行。夜间八点钟过巴连的司，亦意国一大商埠也。 离开意国

初四日　晨早遥见希腊国山岛。

初六日　午后两点钟抵阿非利加洲之钵塞。拿波里至钵塞行七十七点钟，即苏彝士河口，此即前四十年法人里息勃斯新开之河，由此开通以达红海。里息勃斯巍然高耸于海口，功迈神禹。往来之船省绕大西洋好望角十五天之路程，便捷之至。登岸一游，此埠系埃及属地，皆回教人名。为土耳其属，其实已为英国揽其海权。此埠土人甚贫，多以贩卖雪茄烟为业。 抵非钵塞

夜间八点半钟开行，进苏彝士河，河甚窄，仅容一船。此处定章，每点钟只准行六海里，两岸有红绿灯，工程甚大甚固。途中见修理浚河机器船多只，每年修理需费颇巨，皆取自往来船艘，除支修理费外，仍大获盈馀。 苏彝士河

初七日　下午一点钟出苏彝士河抵埠，停三点钟。此处无甚可观。

下午五点由此开行进红海。海岸不甚宽，东为阿非利加洲，西为亚西亚洲，即阿剌伯国。自入红海，天气渐热，船中均穿夏衣。

初八、初九、初十　天气极热。寒暑表至一百度。

十一日　上午十点钟抵亚丁埠，此埠亦为英人所占。停泊 抵亚丁

半天一夜，船中装煤炭。土人皆黑种，有小船多只，载驼鸟羽毛扇及羚羊角之类，来此出售。

十二日　黎明五点钟开行，进印度洋，为亚细亚洲。洋面向东行，天气较红海稍凉，夜间可以熟睡矣。

速可头（索科特拉）

晚八点钟过速可头海岛，英属，长七十英里，在海中草木不生，益无出产。见飞鱼甚多，大鱼有长二三丈者。

十三日　浪渐大。印度洋面宽，故有浪。

十八日　午刻抵可伦布。由亚丁至此六天半。此埠即印度锡兰岛，亦南洋繁盛商场也。泊船处有船墺一道，极为坚实宽厚，而平时之浪激墺堤，浪高十馀丈，漫堤而过，水景绝佳。午后登岸一游，此埠新开才五十年，商务已臻繁盛。回教八千居其七。

可伦布（科伦坡）

是夜九点钟开行。

二十日　过印度洋。

二十一日　出印度洋，进南岸，见群岛矣。

二十二日　下午三点钟抵槟榔屿。由可伦布至此行三天又十六点钟。

代理领事梁碧如观察廷芳，此埠之巨室也，家资有二千馀万两。张瑜士京卿振勋亦侨寓此。张富与梁埒。是晚在领事署酒聚。此埠有华人十五六万，出产胡椒、水银、锡、豆蔻等货。由此至缅甸之漾贡，仅三日，距云南省仅十八日。槟榔屿街道甚宽，惜华人不善经理，污秽不治，诚可惜也。

漾贡（仰光）

鸦片烟多华人必多

游欧美半年，不见鸦片烟，此处烟室多家，入其境即

32,闰4,23

知华人之必多也，可叹。

二十三日　上午四点钟开船，系内海，安稳之至。

二十四日　上午八点钟抵新嘉坡，领事为代理之孙铭仲司马士。鼎接往领事署酒聚，接奉宫保、宪电谕饬，速回鄂，不必在沪耽搁等因。当即电禀钦宪，又电复禀宫保宪。　抵新嘉坡

新嘉坡华人二十七八万，闽粤两省人各半，富商甚多。有新宁人吴姓，有资二千馀万，自船已入英籍，惟发辫留未削去耳。

华人之在新嘉坡、槟榔屿两埠者，英政府相待甚宽，听其自由，迥不似美国之苛待华工。盖一则拒华工以防夺其工党之生计，一则招华商以兴彼之新开商埠，其政体虽殊，其用意谋利则一也。　英不似美苛待华工

二十五日　上午九点钟开行。

二十九日　午刻抵香港，新嘉坡至此行四天。停一天。

三十日　午刻开行。

五月初三日　黎明五点钟抵上海吴淞口，午刻抵上海登岸。

金鼎随同考察政治笔记

人名索引

32,闰4,23

金鼎随同考察政治笔记

译名简释

三画

士丹佛

Stanford,斯坦福

五画

可伦布

科伦坡

生福南细思

圣佛兰西斯

六画

邦湃古城

庞贝古城

芝加高

芝加哥

扣尔

Kiel,基尔(德国海军基地)

米油匿次

Munich,慕尼黑

十画

速可头海岛

索科特拉岛(?)

钵塞

波塞

十一画

偏斯伟娜

Pennsylvania,宾夕法尼亚

脱力爱司脱

Triste，的里雅斯特

密达

meter，米

十二画

葛兰德

即尤利塞斯·S·格兰特 Ulysses S. Grant（1869—1877），第18任美国总统

普里茂

Plymouth，普利茅斯

十四画

漾贡

仰光

十五画

德律风

telephone，电话

走向世界丛书一百种

初编三十五种以＊标出

谢清高 **海录**
＊ 容　闳 **西学东渐记**
＊ 林　鍼 **西海纪游草**
＊ 罗　森 **日本日记**
＊ 斌　椿 **乘槎笔记**
＊ 张德彝 **航海述奇**
＊ 王　韬 **漫游随录**
＊ 志　刚 **初使泰西记**
＊ 张德彝 **再述奇**（欧美环游记）
＊ 张德彝 **三述奇**（随使法国记）
王　芝 **海客日谈**
＊ 祁兆熙 **游美洲日记**
＊ 李　圭 **环游地球新录**
＊ 郭嵩焘 **伦敦与巴黎日记**
＊ 张德彝 **四述奇**（随使英俄记）
＊ 黎庶昌 **西洋杂志**
＊ 刘锡鸿 **英轺私记**
李凤苞 **使德日记**
钱德培 **欧游随笔**
＊ 何如璋 **使东述略及杂咏**
＊ 张斯桂 **使东诗录**
黄遵宪 **日本国志**
＊ 黄遵宪 **日本杂事诗**〔广注〕
陈兰彬 **使美纪略**
＊ 曾纪泽 **出使英法俄国日记**
＊ 王　韬 **扶桑游记**
＊ 徐建寅 **欧游杂录**
谭乾初 **古巴杂记**
王之春 **谈瀛录**
＊ 李筱圃 **日本纪游**
池仲佑 **西行日记**
蔡　钧 **出洋琐记**
袁祖志 **瀛海采问纪实**
张祖翼 **伦敦竹枝词**
王以宣 **法京纪事诗**
潘飞声 **西海纪行卷**
潘飞声 **柏林竹枝词**
潘飞声 **天外归槎录**
张荫桓 **三洲日记**
邹代钧 **西征纪程**
王咏霓 **道西斋日记**
张元济 **环游谈荟**
余思诒 **楼船日记**
缪祐孙 **俄游汇编**
张德彝 **五述奇**
＊ 傅云龙 **游历日本图经馀记**
傅云龙 **游历美加等国图经馀记**
洪　勋 **游历闻见录**
崔国因 **出使美日秘国日记**
＊ 薛福成 **出使英法义比四国日记**
＊ 薛福成 **出使日记续刻**
陈道华 **日京竹枝词**

严　修 **东游日记**
姚鹏图 **扶桑百八吟**
凤　凌 **游馀仅志**
* 黄庆澄 **东游日记**
吴宗濂 **随轺笔记**
宋育仁 **泰西各国采风记**
王之春 **使俄草**
伍廷芳 **美国视察记**
* 蔡尔康等 **李鸿章历聘欧美记**
张德彝 **六述奇**
刘学询 **考察商务日记**
黄　璟 **考察农务日记**
罗振玉 **扶桑两月记**
罗振玉 **扶桑再游记**
丁鸿臣 **东瀛阅操日记**
沈翊清 **东游日记**
* 梁启超 **新大陆游记**
张德彝 **八述奇**
载　振 **英轺日记**
吴汝纶 **东游丛录**
双　寿 **东瀛小识**
缪荃孙 **日游汇编**
周学熙 **东游日记**
* 单士厘 **癸卯旅行记**
凌文渊 **籥盦东游日记**
张　謇 **癸卯东游日记**
蒋　煦 **西游日记**
王景禧 **日游笔记**
陈　琪 **环游日记**
* 康有为 **意大利游记**
康有为 **德意志等国游记**
康有为 **英国游记**
* 康有为 **法兰西游记**
韩国钧 **实业界之九十日**
李濬之 **东隅琐记**
盛宣怀 **愚斋东游日记**
* 戴鸿慈 **出使九国日记**
金　鼎 **随同考察政治笔记**
* 载　泽 **考察政治日记**
程　淯 **丙午日本游记**
康有为 **西班牙等国游记**
杨泰阶 **东游日记**
文　恺 **东游日记**
左湘钟 **东游日记**
吕珮芬 **东瀛参观学校记**
* 林汝耀 **苏格兰游学指南**
* 单士厘 **归潜记**
金绍城 **十八国游记**
附 艾儒略 **职方外纪**
附 南怀仁 **坤舆图说**
附 丁韪良 **西学考略**
附 艾约瑟 **西学启蒙**

图书在版编目(CIP)数据

环游日记/陈琪著;刘柯等校点. 随同考察政治笔记/金鼎著;
刘柯等校点.—长沙:岳麓书社,2016.9
(走向世界丛书/钟叔河主编)
ISBN 978-7-5538-0643-3

Ⅰ.①环... ②随... Ⅱ.①陈... ②金... ③刘... Ⅲ.①日记—作品集—中国—近代②国际政治—概况—近代 Ⅳ.①I265.5②D59

中国版本图书馆 CIP 数据核字(2016)第 182558 号

HUANYOU RIJI SUITONG KAOCHA ZHENGZHI BIJI
环游日记·随同考察政治笔记
作　　者:陈　琪　金　鼎
校 点 者:刘　柯　杨向群
责任编辑:杨云辉
责任校对:舒　舍
封面设计:吴颖辉　贺红梅
岳麓书社出版发行
地址:湖南省长沙市爱民路 47 号
直销电话:0731—88804152　88885616
邮编:410006
岳麓书社网址:www.yueluhistory.com
2016 年 9 月第 1 版第 1 次印刷
开本:890×1240　1/32
印张:4.625
字数:103 千字
印数:1—3 000
ISBN 978-7-5538-0643-3
定价:30.00 元
承印:长沙超峰印刷有限公司

如有印装质量问题,请与本社印务部联系
电话:0731—88884129